PITCH

DU MÊME AUTEUR

Maximum, roman, Stock, 1996
Avant de te dire oui, recueil, Stock, 1995
De la bouche des enfants, roman, Stock, 1994
Le Souligneur, roman, Stock, 1993
Manhattan désarroi, récit, Payot, 1991

CAROLINE BONGRAND

PITCH

roman

LE GRAND LIVRE DU MOIS

Ouvrage publié sous la direction de Dominique Missika

Ce livre est dédié à beaucoup trop de monde.

(Voir page 205.)

Dans cette œuvre de fiction, les situations, noms et descriptions des studios, maisons de production, producteurs et autres personnages ont été volontairement brouillés, changés, inversés. Toute ressemblance avec des personnages existants ou ayant existé ne serait donc que le fruit du hasard.

PITCH : I. v.tr. 1. Dresser. 2. Empierrer, paver. 3. Mus. *To pitch one's voice higher, lower,* hausser, baisser le ton de sa voix. 4. Lancer (une balle). 5. *To pitch a yarn,* débiter une histoire. *To pitch it strong,* exagérer, y aller fort. II. v.i. 1. *To pitch on one's head,* tomber sur la tête. 2. Tanguer. *To pitch up on something,* arrêter son choix sur quelque chose. *Pitch in,* v.i. se mettre à la besogne. *Pitch-and-toss,* jeu de pile ou face.

Extrait du *Harrap's Shorter.*

Exercez-vous à pitcher, tout seul, devant le miroir. Gardez bien en tête les deux mots clés : brièveté et enthousiasme. Pitchez à vos amis. Regardez ce qui suscite leur intérêt et notez à quel moment leur regard pétille. Si leur attention diminue, vous êtes mort.

Opening the doors to Hollywood,
Carlos de Abreu et Howard J. Smith.

Faut-il être un peu inconscient, ou complètement désespéré, pour décider un beau matin de regrouper les quelques affaires dont on ne saurait se passer – un dictionnaire, une montre qui nous accompagne depuis dix ans déjà, quelques photos –, rendre les clés de son appartement, monter dans un taxi et prendre le premier avion, ou bien suffit-il de s'imaginer, naïvement peut-être, qu'une vie plus belle nous attend ailleurs ?

On ne sait pas toujours ce que l'on cherche, on sait certainement ce que l'on fuit. Le choix de la destination importe peu. Où que l'on soit, on sera nouveau et personne dans la rue ne nous reconnaîtra. On vivra quelques instants l'illusion d'être véritablement quelqu'un d'autre, un pionnier de soi-même, une sorte de John Wayne de sa propre vie. Mais John Wayne n'était qu'un acteur, et la vraie vie, ce n'est pas Hollywood. À moins, bien entendu, que ce soit là précisément le port d'arrivée que l'on s'est choisi pour refaire sa vie.

Bienvenue à Hollywood

1.

Une fois sorti de l'autoroute, mon chauffeur a commencé à jurer, l'air mécontent. Les avenues étaient sombres et dépeuplées. Seuls les néons de stations-service éclairaient, de temps à autre, un carrefour. Une vieille Mustang déglinguée s'est alignée à notre droite. J'ai tourné la tête vers eux, nos seuls voisins à ce feu rouge qui n'en finissait pas.

– Surtout ne les regardez pas. Si vous les regardez ils vont s'intéresser à nous.

– S'intéresser à nous ?

– Ces types-là on sait ce qu'ils ont dans la tête. Ils vous coincent à deux voitures, ils vous font sortir de là, ils vous flinguent sur le bord de la route.

Je fixai précipitamment mon regard droit devant moi, sur une enseigne lumineuse, à l'horizon.

– Et ça arrive souvent ?

– Tous les jours. Surtout dans ce quartier de merde.

Le feu est passé au vert. La Mustang était déjà loin devant nous. Des hélicoptères munis de projecteurs géants ont fait leur bruyante apparition au-dessus de nos têtes.

– Moi j'ai une femme et des enfants. Je tiens à ma peau.

– Qu'est-ce qu'ils font là, les hélicoptères ?

– Qu'est-ce que vous croyez ? Ils cherchent un criminel en cavale.

Arrivé à destination, le chauffeur m'a demandé de le payer avant de descendre de la voiture. Il a ouvert son coffre de l'intérieur. J'ai sorti moi-même la valise du coffre, à peine le temps de le refermer que le taxi avait déguerpi.

Le département logement de l'université s'était chargé de me réserver une chambre au 3370 Severance Street. Maison victorienne peinte en vert canard, couleur que j'avais tout le loisir d'observer puisque personne ne répondait à mes appels à l'Interphone. Et pour cause : ce pouvait être moi, le criminel en cavale. J'ai traîné mes valises autour de la maison et frappé à un carreau. Enfin, on m'a ouvert. « Notre » appartement se situait au rez-de-chaussée de la maison. Je m'attendais à avoir une *roommate*, j'en avais trois. Tripthi, l'Indienne, Christine, une Américaine de type chinois et Tracy, l'Afro-Américaine (aux États-Unis il est devenu politiquement incorrect de dire « Noir ». De même on ne dit pas un Blanc, mais un « Caucasien » – même s'il est originaire du Danemark ou du Cantal).

Tracy aurait fait de l'ombre à Naomi Campbell. Elle était sublime et terriblement antipathique, du haut de son mètre quatre-vingts. Christine était bien trop souriante pour être sincère, son rire était gras comme un beignet.

Tripthi m'avait ouvert la porte. Elle m'avait demandé si j'avais bien voyagé, si j'étais fatiguée. Elle m'avait servi un verre d'eau et offert des biscuits apéritifs au cheddar – des *Fritto's*. La petite Indienne semblait si heureuse de faire ma connaissance, si heureuse de pouvoir se faire une amie – je crois que je n'ai rien vécu de plus chaleureux que cet accueil par une fille que je ne connaissais même pas. Lorsque je lui annonçai que j'étais parisienne, elle lâcha un petit cri d'admiration.

– Alors tu es déjà montée sur la tour Eiffel ?

L'appartement était rectangulaire et devait mesurer soixante mètres carrés. Chacune avait sa chambre – une toute petite chambre, de quoi mettre un lit et un petit bureau – et il y avait deux salles de bains. Je partagerais celle de Tripthi.

Lorsqu'on débarque dans une ville étrangère, tout est à conquérir. Ces gestes si quotidiens, ces réflexes de la vie française, ces petites habitudes que l'on a prises sur le chemin de l'école, de la maison, du bureau, n'ont plus cours. Il faut de nouveau se trouver des repères, tous les repères. Où acheter sa nourriture, son journal, où faire des photocopies, se procurer des timbres ou encore du papier à lettres ?

Deux valises seulement. L'on se retrouve sans cet amoncellement de petits objets familiers, pulls, livres, bibelots, bougies, sans lesquels on croyait ne pas pouvoir vivre. L'important est d'avoir un bon matelas, un sentiment de sécurité, la possibilité d'une hygiène, de quoi communiquer, boire et manger. On n'a pas le temps de se sentir perdu. Il y a bien trop de choses à découvrir et à comprendre. S'approprier son nouvel univers. Où que l'on soit dans le monde, on pose toujours son réveille-matin sur sa table de chevet, son ordinateur sur sa table de travail, et l'on s'endort toujours de la même façon. Sur le ventre, sur le côté, sur le dos. On reste qui on était.

À condition d'avoir un interlocuteur, un ami, une présence affectueuse, on peut même se sentir très bien, très vite. Dès mon arrivée, Tripthi avait ensoleillé mes perspectives. J'avais quelqu'un à qui parler, quelqu'un qui me parlerait.

Au cours des jours qui suivirent, je compris que ma présence viendrait apporter un peu d'équilibre à cette communauté. Tracy et Christine méprisaient Tripthi, parce qu'elle était indienne. Melting-pot ou pas, aux États-Unis il vaut mieux être noir que chinois, chinois qu'indien et indien que mexicain. Il existe comme ça une gradation des races, et le racisme – que je n'ai jamais senti, comment l'aurais-je pu, étant caucasienne (du Caucase parisien) – s'exprimait chaque jour entre nos murs sous la forme de petites remarques contre ma nouvelle amie.

L'appartement avait une odeur détestable de frites. Tracy les achetait congelées par paquets de trois kilos et en mangeait chaque soir au dîner. À l'évidence, ça lui réussissait. Christine, un peu trop ronde et franchement acnéique, vivait avec un Walkman sur la tête (écoutant alternativement AC/DC et les Cardigans), sauf lorsqu'elle regardait la télé. Elle ne s'intéressait qu'à la nourriture bio – *organic food* – qu'elle achetait, une fois par semaine, dans un magasin spécialisé. À côté de quoi elle s'empiffrait de gallons de glace *peanut-butter-cup*. Tripthi, elle, restait fidèle aux traditions culinaires de Bombay, d'où elle était originaire. Poulet Tikka, pommes de terre aux épinards, riz Basmati, etc.

Chacune avait sa section dans le réfrigérateur. Tracy s'était, dès le début de leur vie à trois, approprié l'étage supérieur – le meilleur, en vérité, car le plus facilement accessible. Christine avait choisi le deuxième étage, et Tripthi s'était vu attribuer le compartiment du bas. Il n'y avait pas encore de place pour moi mais comme je n'avais aucune nourriture à conserver cela n'avait, pour le moment, aucune importance.

Les frites de Tracy donnaient à la pièce commune, le salon-salle à manger, une odeur de vieille graille, mais c'est de Tripthi dont elle et Christine se plaignaient en permanence. Oui, c'est vrai, de temps en temps, ça sentait le curry, et elles ne le supportaient pas. Comment démontrer qu'une odeur était supérieure à une autre dans un pays où les *french fries* constituent l'aliment de base de chaque repas ?

Christine était végétarienne, et Tracy adorait la viande. Ce qui donnait parfois naissance à de violentes altercations entre elles. Quand les steaks de la seconde dégoulinaient du dessus – à travers les grilles – sur le tofu de la première, tout était à jeter. Extérieure au problème, occupant donc une place idéale de médiatrice, j'avais proposé que Tracy et Christine échangent leurs places dans le frigo. Si la viande était au-dessous du tofu, on réduisait les risques qu'elle dégouline sur lui (ou alors je suis vraiment nulle en physique). Tracy avait refusé catégoriquement mais s'était vue contrainte d'emballer sa viande dans deux sacs en plastique fermés.

Toutes les crises, aussi violentes fussent-elles, ne concernaient jamais que l'espace que nous occupions chacune dans le frigo, tant et si bien que j'en étais arrivée à le considérer comme un indicateur d'ambiance. Je lui parlais, quelquefois, le soir. T'inquiète pas coco, c'est pas toi qui es en cause, ce sont les rapports humains.

Le téléphone, lui aussi, posait problème. Toujours le même problème : il suffisait que Tripthi décide d'appeler sa mère en Inde pour que 1) Tracy nous mette Whitney Houston à fond et que 2) Christine s'avachisse devant la télé, *sa* télé, télécommande en main, volume au maximum

Tripthi n'osait pas demander, à l'une comme à l'autre, de baisser le son. Elle tirait le fil de l'unique téléphone et se planquait tant bien que mal dans les toilettes, histoire d'entendre la voix de sa mère. Le fil n'étant pas assez long, il finissait toujours par se détacher de la prise. Tripthi recomposait patiemment le numéro à douze chiffres. Cette fois elle resterait dans le salon mais se boucherait l'autre oreille. Elle raccrochait tristement et repartait dans sa chambre, heureuse qu'il lui reste quand même la possibilité d'écrire.

Chacune d'entre nous faisait des études différentes. Christine étudiait la psychologie, Tracy le marketing et Tripthi la pharmacologie. Le cinéma faisait rêver Tripthi, aussi, lorsque je lui avais raconté que j'étais à Los Angeles pour prendre des cours d'écriture de scénarios, elle en était restée bouche bée. Elle passait maintenant son temps à dire à tous ses amis indiens – amis que je rencontrais, au fur et à mesure des jours – que sa colocataire était française et se préparait à une « grande carrière à Hollywood ».

2.

L'école de cinéma ne ressemblait pas à grand-chose : un bâtiment en briques rouges qui paraissait relativement petit par rapport à la taille des autres « départements ».

Il me fallait choisir les cours. Structure scénaristique, atelier d'écriture, analyse de scénario, un autre intitulé « Mais si, Hollywood, c'est possible », un dernier qui m'apprendrait à produire et budgéter – on ne sait jamais. Nous écririons l'histoire de notre choix, lue et commentée chaque semaine en cours par les élèves, au nombre de douze maximum par classe pour un meilleur suivi. Les cours fonctionnaient par trimestre, et non à l'année comme en France. Quatre fois par an les étudiants devaient choisir de nouveaux cours, découvrir de nouveaux professeurs, et aussi d'autres élèves jusque-là croisés dans le hall dans la plus grande indifférence.

Nos professeurs étaient tous âgés d'une petite trentaine d'années, sauf Leon Wasserman, qui devait bien avoir quatre-vingts ans. C'était un vieux de la vieille, un lion d'Hollywood, un ex-baroudeur. Il avait tout fait, tout vu, tout connu. Même Marilyn Monroe dont il nous avait dit qu'en vrai elle n'était même pas belle

Il ne roulait pas des mécaniques, mais cherchait sincèrement à nous protéger d'un milieu qu'il décrivait comme cruel et presque cannibale. Si on voulait faire son chemin à Hollywood, il était important d'apprendre à s'en méfier. Pour cela, il nous raconterait des histoires drôles, mais aussi des histoires moches. Il avait prévu, une semaine sur deux, d'inviter un ponte de la jungle hollywoodienne à venir nous expliquer les aléas de la vie d'acteur, réalisateur, producteur, etc. Il ne connaissait plus grand monde de la jeune génération de l'Hollywood d'aujourd'hui, mais n'hésitait jamais à téléphoner à qui que ce soit pour obtenir des intervenants qu'ils se déplacent jusqu'à notre salle de classe.

Leon Wasserman était un très grand type, mince mais costaud, dont on sentait qu'il avait été un très bel homme. Son franc-parler appartenait à une époque révolue, une époque en noir et blanc qui était loin de se douter qu'un jour viendrait le politiquement correct, drôle de phénomène dans lequel à force de parler en évitant de dire, on finit par ne plus rien exprimer. Trois fois par semaine il venait de Studio City, où il vivait, avec sa femme Betsy, depuis près de trente ans. Le quartier de Studio City se situait au nord-est de Los Angeles, pas très loin de Burbank où étaient installés Warner, Universal et Disney. Soixante-dix kilomètres aller, soixante-dix kilomètres retour, à son âge, en changeant trois fois d'autoroute, en essayant de ne pas se perdre dans les méandres du sud de la ville, en ignorant les risques de *carjacking*, c'était une belle preuve d'amour pour la génération qui suivrait.

Originaire de New York, il avait débarqué à Hollywood dans les années quarante. Il avait tout connu, du sourire de Greta Garbo aux colères de Jack Warner. Du maccarthysme au *rat pack*. Le *rat pack*, nom que Sinatra volerait un jour pour sa bande de copains (Dean Martin, Sammy Davis Jr. et les autres), c'étaient Bogart et Bacall. La logique des studios voulait alors que les acteurs sous contrat tournent tous les scénarios qu'on leur attribuait, bons ou mauvais. Le couple avait osé dire non au système : ils ne tourneraient que ce qui leur paraîtrait relever d'une certaine qualité. Pour se venger de leur insolence, Hollywood les avait surnommés *les rats*.

Leon commençait tous ses cours par : « Si vous voulez vraiment travailler à Hollywood, eh bien, les petits gars, vous n'êtes pas sortis de l'auberge. » C'était lui qui avait trouvé l'intitulé de son cours « Mais si, Hollywood, c'est possible ».

Mais d'abord, il avait fallu se présenter. En Amérique, quand on veut faire partie d'un groupe – cours de structure scénaristique ou Alcooliques Anonymes –, il faut toujours commencer par se présenter. Ça rappelle étrangement les prestations de ces gens qui participent, fièrement, à des jeux télévisés – « Jean-Paul, 34 ans, je suis cadre dans une entreprise de marketing direct à Melun » – sauf qu'on en dit un peu plus.

Il faut exposer son parcours, ses réussites, ses échecs, ses craintes, ses projets, ses ambitions, faire un peu d'humour peut-être, raconter une anecdote rapide et conclure par quelque chose de très positif, histoire de laisser l'impression que l'on est un battant.

Pam voulait écrire des scénarios à la *Thelma et Louise*. Mason s'intéressait à la guerre de Sécession. Chris avait travaillé trois ans dans un parking et voulait écrire une histoire qui aurait pour cadre un parking géant. Brad était fasciné par les aliens et les effets spéciaux. Melissa voulait témoigner de la culture de ses origines, le Vietnam. Paul n'avait aucune idée précise pour l'instant.

Peter voulait écrire sur les milieux du sport. Bob rêvait de faire un road movie. Santiago avait commencé à écrire une comédie sur le thème du mariage mixte. Quant à moi, j'avais une vague idée de comédie romantique.

– Qu'est-ce que vous fichez ici, bordel ? Vous n'avez pas réussi à entrer à la fac de droit ou quoi ? Faut être cinglé pour vouloir travailler dans le cinéma. Écoutez-moi bien les petits gars : vous pouvez encore laisser tomber et vous assurer un avenir meilleur. Qui veut laisser tomber ?

Personne n'avait levé le doigt.

– Entre le rêve et la réalité il y a un monde, et ce monde s'appelle Hollywood. Vu de l'extérieur, splendide. Vu de l'intérieur, il faut vous boucher le nez. Pour cent personnes qui essaient, quatre-vingt-dix-neuf vont se retrouver sur le carreau, endettés jusqu'au cou, plantés par leur petite amie. Bon. L'élément le plus important, je dirais, c'est d'avoir le téléphone. Et de téléphoner, tout le temps. Rencontrer autant de gens qu'on peut. Si vous êtes une fille, bien sûr, tout le monde essaiera de vous sauter. Si vous êtes un mec, tout le monde essaiera aussi de vous sauter. Vous vous ferez avoir continuellement, mais c'est normal, tout le monde en passe par là. Vous regretterez de ne pas avoir suivi les conseils de votre mère qui voulait faire de vous un avocat. Il faudra vous accrocher. Hollywood, c'est une question de contacts et d'endurance. Il faut avoir une confiance en soi à toute épreuve, et un instinct de survie animal. Il y a des règles, des trucs. Mais globalement, tout repose sur le baratin et la frime. On ne vous demande pas d'avoir des idées ou du talent – tout le monde en a dans cette ville. Même le type qui vous sert de l'essence à la station-service a écrit au moins trois scénarios remarquables. Bien sûr, le talent, ça peut aider, mais c'est très accessoire. Ce qu'on vous demande, c'est d'être capable de convaincre n'importe qui que vous êtes le type le plus génial de votre génération, et que votre scénario, il va rapporter des centaines de millions de dollars. Le *blockbuster* du siècle. Hollywood, c'est un tiroir-caisse. Si vous voulez faire de l'art il faut aller en Europe. Ici il n'y a que l'argent qui compte, vous m'entendez les petits gars ? L'argent.

Il avait prononcé ce mot avec tristesse. Son regard bleu était maintenant voilé. Il laissa passer un instant de silence, puis, ayant repris son souffle, il ajouta :

– Mais quand ça marche, les petits gars, il n'y a rien de plus merveilleux.

3.

Contrairement aux élèves de ma classe, je n'avais pas passé ma vie à rêver d'Hollywood. Mon frère et moi n'avions d'ailleurs jamais eu de caméra et je n'avais jamais réalisé de court métrage sur le chien, la grand-mère, le jardin ou je ne sais quel anniversaire à la campagne. L'envie d'écrire un scénario ou de tenir une caméra ne m'avait jamais effleuré l'esprit. Je n'avais pas choisi de venir apprendre ce mode d'écriture par vocation mais plutôt par élimination – tous mes espoirs s'étant trouvés éliminés, les uns après les autres. J'avais 29 ans et ma vie ne ressemblait à rien.

Sentimentalement, d'abord. Après avoir longtemps vécu dans le schéma « commence bien, finit mal », j'étais désormais abonnée au « commence mal, finit encore plus mal ». J'essayais autant que possible de prendre les devants – tout ce que je bousillais moi-même, la vie ne me le bousillerait pas –, mais les gars pour lesquels j'en pinçais trouvaient encore le moyen de me couper l'herbe sous le pied. Ils fichaient tous le camp. Comment leur en vouloir ? Moi aussi j'aurais préféré une autre compagnie que la mienne.

Ma vie professionnelle, quant à elle, était inexistante. J'avais tenté des choses, travaillé à des projets qui, à la manière de ces bulles de savon qui amusent tant les enfants, avaient tous fini par terre en une multitude de flaques insignifiantes. Même mon chien le plus fidèle, l'écriture, m'avait laissée tomber. J'avais trop écrit, pas assez vécu, ou pas assez dormi, allez savoir, mais les mécanismes de procréation littéraire s'étaient gravement grippés. Ce qui s'appelle chez les salariés le chômage ne porte pas de nom chez les écrivains.

Il y a des gens dont l'ascension se poursuit, invariablement, il y en a d'autres qui se perdent en chemin, s'égarent, se gaspillent, s'essoufflent. J'étais de ceux-là.

De temps en temps (il faut bien sortir acheter son pain) je rencontrais des gens, au détour d'une avenue – c'est toujours quand on est au mieux de sa forme qu'on rencontre des gens qu'on connaît. J'essayais toujours d'esquiver la rencontre mais comme le reste, ça ne marchait pas.

– Comment vas-tu ? C'est formidable de te rencontrer ici ! Qu'est-ce que tu fais en ce moment ?

– Rien.

– Tu plaisantes.

– Non.

– Toi, ne rien faire, tu ne nous as pas habitués à ça.

– Oh ! mais ne t'inquiète pas. Ça fait deux ans et demi que tout merde mais je t'assure, j'ai vraiment la forme. Je fais des progrès au Scrabble, t'as pas idée. Et toi ? tes enfants ? ta femme ? ton P.E.L. ?

Mes amis, ceux qui restaient quand même, malgré mes crises du soir au secours, au secours, venaient me consoler. Mais non, « tout n'était pas fini ». Un jour je retrouverais mon courage, mon énergie, mon esprit d'initiative, un jour moi aussi je l'aurais, la grande vie qu'ils avaient, tous.

Avoir une raison de sortir de chez soi le matin.

Avoir une raison de rentrer chez soi le soir.

Quelqu'un m'avait un jour raconté que lorsque Françoise Sagan se sentait mal, elle se lavait les cheveux. Ça lui permettait de se changer les idées.

C'est lorsque je me suis mise à consommer deux bouteilles de shampoing par semaine que j'ai compris qu'il était temps d'agir.

Changer de jeu. Redistribuer les cartes. Mais comment tout réapprendre, retenter sa chance, se refaire dans une ville où l'on connaît finalement tant de gens et où il est difficile de faire abstraction du regard des autres (et donc du sien puisque comme chacun sait le blanc de l'œil fait miroir) ?

Je rêvais d'un lieu où je serais anonyme, anonyme pour être enfin moi-même, et n'avoir pas peur d'être ridicule, pas peur de recommencer. En France on ne me laisserait jamais respirer, parce que en France, juger les autres, se moquer d'eux, les décourager si on peut, ça fait partie de la culture, du mode de fonctionnement. C'est le sport national. Je ne voulais plus croiser qui que ce soit dans la rue. Je voulais qu'on m'oublie. Et m'oublier, moi-même. N'être plus qu'un point à l'horizon.

•

Je ne m'en sortirais que comme ça.

J'avais toujours été fascinée par les départs. J'aimais leur mystère, leur caractère romanesque. Qu'y avait-il de plus intrigant que cela ? Je n'étais pas le personnage d'un roman et il me fallait planifier un peu plus ce départ que je voulais être un début plutôt qu'une fin. Il s'agissait avant tout de se montrer constructif. Puisque mon premier bâtiment s'était effondré (le nuage de poussière par terre, là, c'est ma vie), il convenait cette fois de réfléchir à deux fois aux fondations d'un immeuble en béton de cinq étages très bien conçu et qui résiste aux intempéries, aux incendies ou aux cambriolages. Ma nouvelle vie, mon nouveau métier, mon nouveau pays, pourquoi pas ma nouvelle couleur de cheveux (pas cap) ? Je me retenais d'aller me faire refaire le visage en Japonaise. Je me serais appelée Akiko Kosawa et j'aurais pu me lancer dans la mode et faire un carton aux derniers défilés sur le thème des transparences polaires ou des symétries volubiles.

Scénariste, était-ce là un métier qui s'improvisait ? J'avais téléphoné à quelques producteurs – en obtenant qu'on me les passe, ce qui m'avait franchement inquiétée – et leur avais posé quelques questions sur la marche à suivre. Avaient-ils des recommandations ? Y avait-il des erreurs, des pièges à éviter ?

D'après eux, le grand piège, c'était d'être français. Les Français étaient jaloux de l'efficacité américaine, mais c'est précisément le sens de la structure à l'américaine qui leur faisait défaut. Pour être un bon scénariste, il fallait *absolument* faire ses études là-bas, au pays des palmiers et des décapotables rouges qui brillent à la télé avec des filles à gros seins au volant – et d'ailleurs elles ont des seins tellement gros qu'elles ont du mal à tenir le volant : il semble que leurs seins veuillent conduire à leur place.

American Film Institute ou *University of Southern California*, ça n'avait pas d'importance, du moment qu'on était au cœur du débat. À Hollywood. Je venais de vendre les droits cinématographiques de deux de mes romans, j'avais maintenant les moyens de fuir.

Pour moi Hollywood n'était rien de plus qu'une marque de chewing-gums, dont le slogan était toujours « fraîcheur de vivre ».

Pitch

Fraîcheur de vivre! Hollywood chewing-gum
Chewing-gum au goût très frais
Hollywood, Hollywood
On en prend un, on se sent bien.

On voyait des tas de jeunes aux tee-shirts mouillés s'éclater sous une version pauvre des chutes du Niagara. N'empêche qu'ils avaient tous l'air heureux.

4.

Très vite, on nous avait expliqué les bases du bon scénario. *Quelqu'un veut désespérément quelque chose, et a la plus grande difficulté à l'obtenir.* Ce qui engageait les spectateurs, c'était l'enjeu que se fixait le personnage principal. Et sans obstacles, conflits, il n'y avait pas d'histoire. Le personnage principal devait souffrir, souffrir, et notre rôle de scénariste était de lui infliger les pires tortures, de comploter contre lui les plus mauvais coups.

Pour réussir l'histoire, il fallait avant tout bien connaître son personnage principal. Dormait-il avec une peluche, en caleçon ou tout nu, aimait-il les frites avec du ketchup ou avec de la moutarde, savait-il jouer du piano, de la clarinette, avait-il une cicatrice dans le dos, qui la lui avait faite, l'avait-on déjà opéré de l'appendicite, quelle était son insulte préférée, était-il sujet aux vertiges ou aux nausées, quels étaient ses souvenirs les plus marquants, son roman favori, et la première fois qu'il avait fait l'amour, avait-il utilisé un préservatif?

Tout au long de la journée, il s'agissait de se demander ce que son personnage aurait fait, dans telle ou telle situation. Cela pour éviter de se retrouver avec un personnage incohérent qui réduirait d'autant la qualité du script. Bien sûr le personnage avait le droit d'évoluer, au fil de l'histoire, et même, il se devait d'évoluer. Le personnage avait un « arc ». Si au début, il était méchant, égoïste et indifférent à autrui, à la fin du film, il deviendrait gentil, généreux et compatissant.

« Donnez-lui un caractère assez cliché au début, et à la fin, prenez le contraire. Ce doit être un virage à 180 degrés. »

Ce qui plaisait le plus à Hollywood, c'étaient les histoires dans lesquelles le héros, un vrai salopiaud au départ, apprend tout au long du film à devenir un type vraiment très chouette. Absurde. Les salauds que j'avais connus, même s'ils avaient traversé de grandes difficultés, n'en étaient pas devenus meilleurs pour autant.

Pour moi, le monde se divisait en deux grandes catégories : les *wet dogs* (chiens mouillés) et les *dry dogs* (chiens secs). Le chien mouillé s'était pris la pluie sans parvenir à s'abriter. Il traînait donc une vieille odeur de chien mouillé. Le chien mouillé était gentil – souvent le cœur sur la patte – mais il avait peur de tout, et particulièrement des chiens secs. Les chiens secs, eux, ayant réussi à s'abriter, avaient gardé le poil soyeux, brillant, et faisaient envie à tout le monde. Jamais ridicules, les chiens secs n'avaient peur de rien ni de personne. Arrogants, sûrs d'eux, antipathiques, ils faisaient la loi (celle de la jungle). Ils étaient donc généralement manipulateurs, craints et souvent très diplômés. Ils méprisaient ouvertement les chiens mouillés, considérant qu'il faut vraiment être un imbécile pour ne pas parvenir à s'abriter un jour de pluie.

Si l'on suivait la logique hollywoodienne, un *dry dog* pouvait se transformer en *wet dog*. Preuve que nous n'étions pas là pour apprendre la réalité, mais pour faire du cinéma.

Une fois qu'on avait son personnage bien croqué, on pouvait s'attaquer à la structure – il était impératif de construire le squelette de l'histoire avant même de l'écrire. Si le scénario avait une côte cassée ou le radius foulé, c'était vite vu, et vite réparé. Une fois le tout recouvert de chair, il était extrêmement difficile de désosser la pauvre bête, et carrément impossible de faire une radio.

Le squelette se composerait de trois actes : début, milieu et fin. Rien de révolutionnaire jusque-là. C'est ensuite que ça se compliquait franchement.

Les trois actes se divisaient chacun en une succession de séquences dans lesquelles il devait impérativement se passer un certain type de choses. Les séquences étaient constituées d'un ensemble de scènes ayant le même contenu dramaturgique. Elles devaient durer de douze à quinze minutes. Il y en avait en général deux ou trois dans l'acte I, quatre ou cinq dans l'acte II et deux ou trois dans l'acte III. Le cours de scénario n'était rien d'autre qu'un cours de cuisine dans lequel on vous explique que pour réussir une charlotte au chocolat il faut deux cents grammes de chocolat à croquer, vingt-deux biscuits à la cuiller, huit œufs, etc. On avait le droit de se prendre pour Billy Wilder et d'inventer sa propre recette, mais c'était fortement déconseillé.

Les règles étaient nombreuses, et les exercices d'apprentissage variaient selon les professeurs. L'enseignement se fondait sur la méthode d'un certain Frank Daniel, dont tous nos professeurs (à part Leon, bien entendu) avaient été les élèves, il y a des années de cela.

Tchèque débarqué aux États-Unis, Frank Daniel (de son vrai nom Daniel Frantisek) était devenu le grand gourou de la structure de scénario. C'était lui qui avait trouvé la formule *Somebody wants something badly and is having difficulty getting it* que l'on nous assénait à longueur de journée.

Frank Daniel avait attribué ses lettres de noblesse au département scénario de Columbia University à New York avant de créer celui de U.S.C. à Los Angeles. Star incontestée de l'architecture narrative, il avait donné des conférences dans le monde entier.

Frank Daniel recommandait, avant d'écrire un scénario, quel qu'il soit, de procéder à plusieurs exercices. D'abord, il fallait écrire un petit synopsis de l'histoire, telle qu'on l'imaginait. S'il s'agissait de l'histoire d'un couple, il fallait ensuite déterminer lequel des deux compterait plus que l'autre. Puis l'on devait établir une biographie des personnages principaux. Leur vie ne commençait pas au début du film – ils avaient vécu jusque-là une vie, laquelle ? Si les spectateurs n'étaient pas tenus de connaître la *back story* d'un personnage pour comprendre l'intrigue, le scénariste devait, lui, connaître ses personnages mieux qu'il ne se connaissait lui-même, et cela depuis leur naissance.

Enfin, il s'agissait de déterminer les cinq scènes clés – les cinq moments les plus importants de l'histoire. Après quoi on pouvait procéder à la découpe en trois actes et en séquences.

Le *point of attack* annonçait au personnage principal le genre d'ennuis dans lequel il risquait d'être bientôt plongé. Il était impératif que le *point of attack* intervienne entre les pages 10 et 20 du scénario. Le personnage principal essayait généralement d'ignorer le problème, de le minimiser, et à la fin de l'acte I, entre les pages 20 et 30, il se retrouvait dans une position où il n'avait plus d'autre choix que celui d'entrer en action sur les événements.

Agir, agir, c'est vite dit. Une fois le personnage principal précipité dans la tourmente de l'acte II, il devait se retrouver dans une situation impossible, cauchemardesque. « Un bon scénario, c'est un scénario dans lequel un personnage se retrouve confronté à un choix entre deux options, et ces deux options puent. » Soit parce qu'il s'agit de deux bonheurs incompatibles et irréconciliables, soit parce qu'il faut choisir le « moins pire » d'entre deux enfers. Évidemment, ce qui devait arriver au personnage devait correspondre à sa crainte la plus forte. Le personnage principal devait avoir un *drive*, un but, un enjeu. Nous devions lui rendre la tâche pénible. Plus le *drive* du personnage était fort, plus nous pouvions lui rendre la tâche pénible. Il fallait mettre du conflit partout, s'assurer que l'antagonisme était le plus pervers, le plus tordu, le plus imprévisible. À chaque scène, il s'agissait de se demander :

– Quelle est la meilleure chose qui pourrait arriver au personnage principal ?

– Le pire qui pourrait lui arriver ?

– Quelle est la chose la plus difficile qu'il pourrait avoir à accomplir ?

– Avons-nous rendu la vie de notre personnage suffisamment cauchemardesque ?

– Quelles sont les pires erreurs que pourrait commettre notre personnage principal, à ce stade de l'histoire ?

Une des questions préliminaires qu'il faut se poser, avant de se mettre à écrire, c'est : comment veut-on que l'audience sorte de la salle de cinéma : exaltée, effondrée, pensive ?

En prévision d'inévitables découragements, Frank Daniel conseille de s'écrire une lettre à soi-même, expliquant pourquoi on a choisi le sujet de scénario qu'on a choisi. La lettre doit être la plus enflammée et passionnée possible : au soixantième refus d'un producteur, lorsqu'on se demandera « Mais qu'est-ce qui m'a pris de vouloir être scénariste », on relira cette lettre pour y puiser un sursaut de motivation.

5.

On s'imagine que toutes les grandes villes du monde sont équipées d'un réseau de transports en commun « raisonnable », mais Los Angeles échappe à cette logique. Ici c'est chacun pour soi et celui qui ne dispose pas d'une automobile est mal parti dans la vie – les quatre-vingts kilomètres de rayon de la ville (ville traversée par une chaîne de collines escarpées) sont là pour rire au nez de ceux qui seraient tentés de s'acheter un scooter ou une bicyclette. Il y a bien quelques bus, mais ils passent toutes les heures et leur parcours témoigne d'un sens pratique très limité. La ville est simplement trop grande et mal fichue. Personne n'a réfléchi au moment de la construire, et maintenant c'est trop tard. Sans Hollywood Los Angeles ne serait rien qu'un gigantesque bidonville, ou mieux, un désert (ce bon vieux Far West où, jusqu'à l'apparition des premiers producteurs assoiffés d'espace et de luminosité, avaient sévi les cowboys et les Indiens).

Sans voiture, dans une mégalopole qui s'étend à l'infini, je pouvais bien avoir des idées, les structurer – acte I, acte II, acte III –, je savais que je ne pourrais rien en faire de concret. Néanmoins j'avais pris au mot les conseils de Leon, et je passais maintenant la deuxième partie de mes soirées – la première étant consacrée à l'écriture de scénario – à réfléchir à qui je pourrais bien téléphoner. Au consulat de France, on pourrait peut-être m'aiguiller. J'avais entendu dire qu'existait tout un groupe de Français travaillant à Hollywood – le *French Hollywood Circle, so chic.*

Le personnel du consulat m'avait suggéré de téléphoner à Luc R., « producteur à Hollywood ». Qu'une administration française prenne le temps de s'intéresser à quelqu'un qui téléphone, pour non seulement l'écouter mais en plus lui prodiguer des conseils, ça me paraissait vraiment nouveau.

Luc R. n'avait pas attendu la deuxième sonnerie pour répondre à mon appel. J'en avais immédiatement conçu une joie immense, commettant là ma première erreur. Dans ce métier, si quelqu'un répond lui-même au téléphone, c'est qu'il n'a pas de secrétaire. S'il n'a pas de secrétaire, c'est qu'il n'a pas de boulot, et s'il n'a pas de boulot, en quoi pourrait-il donc nous aider ?

À Hollywood, pour être un producteur, ou plutôt, pour pouvoir dire qu'on en est un, il suffit d'avoir une carte de visite qui spécifie qu'on est producteur, avec un en-tête du genre « Baratin Productions », ou n'importe quel autre nom. Personne ne va vérifier quoi que ce soit, et en ville, avec les filles, ça fait toujours son petit effet. La différence entre un producteur véreux et un vrai producteur, même petit, tout petit, c'était ce que mon prof Leon appelait *the material* – le texte, scénario, synopsis, etc. Si je décidais d'*optionner* le scénario d'un de mes camarades de classe, même pour la somme symbolique d'un dollar, et que celui-ci me signait un brin de contrat, je devenais productrice.

Une fois que l'on était propriétaire du scénario, il s'agissait de se démener pour trouver un autre producteur, plus important, affilié à un studio, qui entamerait, du haut de sa réputation, les démarches nécessaires au financement du projet.

Luc R. avait proposé une rencontre pour que je lui raconte mon sujet. Je lui avais fait part de mon handicap majeur – j'étais sans voiture. Il avait accepté de venir me chercher, nous irions déjeuner dans un quartier « un peu mieux quand même » puis il me raccompagnerait.

Je l'avais donc attendu, ce mardi, devant l'école, sous un soleil brûlant, mon synopsis à la main. On ne dira jamais assez de bien du soleil californien. Assise sur un petit muret, les yeux fermés, le nez en l'air, je m'étais badigeonné le visage de crème solaire. Tout sentait maintenant les vacances, la mer et les glaces à l'eau. J'avais abandonné les chaussures, pour ne plus porter que des espadrilles. La première occasion venue, je les enlevais. Je rêvais d'avoir les pieds bronzés. C'était à mes yeux le symbole de l'absolue décontraction.

Luc R. était arrivé avec quarante minutes de retard, pas tout à fait discrètement puisqu'il avait ralenti le moteur de sa Porsche cabriolet bleu marine juste devant le département cinéma. Les étudiants s'étaient aussitôt retournés pour regarder 1) qui conduisait cette voiture 2) qui cet individu venait-il chercher.

J'étais montée dans sa voiture, mal à l'aise.

Il en savait beaucoup plus que moi sur le milieu hollywoodien, ce qui lui conférait, à mes yeux, un certain sérieux. Il disait avoir travaillé pour un tel, un autre.

On cite le plus possible de gens connus pour se faire mousser.

Il nous avait conduits à Santa Monica, qui n'était pas, comme je le croyais, un quartier de Los Angeles mais une petite localité à part, avec son maire et son propre système de fonctionnement. Là, nous avions déjeuné au soleil, en face de l'océan, majestueux.

C'était devant une *Chicken Caesar salad* que je lui avais parlé de Flora, mon personnage principal, et des aventures qui lui arrivaient. Je ne le savais pas encore, la *Chicken Caesar salad* est à Los Angeles ce que le jambon-beurre est à Paris.

Le concept était simple, puisqu'il tenait en trois mots : *Rent-a-friend*, « louez un ami ».

– L'action a lieu aujourd'hui, à New York. C'est l'histoire de Flora, 27 ans. Après avoir perdu son boulot de dessinatrice de dessins animés, Flora se met en tête de trouver un autre job qui paiera son loyer et lui permettra de retrouver l'inspiration. Sur les conseils de sa copine Annie, elle répond à une annonce de l'agence Rent-a-friend, et se fait engager. Rent-a-friend est une société de location d'amis qui fournit des amis vingt-quatre sur vingt-quatre et sept jours par semaine à tous ceux qui cherchent un peu d'amitié ou de *companionship*.

La première cliente de Flora, Mrs. Petticoat, est une vieille dame insupportable qui ne parvient pas à surmonter la mort de son chien.

La deuxième, Mrs. Atkins, est une acheteuse compulsive qui cherche à lutter contre son penchant. Il lui faut un modérateur d'achats dans toutes ses virées chez Macy's, Bloomingdales, etc. – ce sera Flora.

Le troisième, Mark Mendel – un charmant éditeur de 35 ans –, souffre de la non-réciprocité de son amour pour Christine. Christine, jeune femme totalement new age, acuponctrice, considère Mark comme un yuppie insignifiant. C'est la première fois qu'une fille se refuse à lui et Mark ne le supporte pas.

Des trois clients, c'est avec Mark Mendel que Flora passe le plus de temps, déployant toute son énergie à élaborer des stratégies pour que Christine tombe enfin amoureuse de Mark. Seulement Flora n'a pas suffisamment d'expérience – elle n'a connu qu'une histoire d'amour, lamentable – et ça ne donne pas grand résultat. De plus, à force de passer du temps avec Mark, elle-même tombe follement amoureuse de lui.

Un jour, tandis que Flora et Mark se baladent à Central Park, Flora lui avoue son amour. Mark éclate de rire – n'importe qui en aurait pour lui au tarif auquel il la paie : 38 dollars l'heure. Le cœur brisé, Flora quitte son boulot dans le but de prouver à Mark qu'elle l'aime pour lui, et pas pour ce qu'il lui rapporte.

Sans emploi, son compte en banque maintenant dans le rouge, Flora se fait virer par sa roommate punk et lesbienne (frustrée que Flora n'ait jamais cédé à ses avances). Elle emménage alors chez son amie Annie. Seulement Annie vient de rencontrer l'homme de sa vie et ne cesse de faire l'amour avec lui dans toutes les pièces de l'appartement, à toute heure du jour ou de la nuit, ce qui met Flora très mal à l'aise. Flora s'en va, mais elle ne sait pas où aller et se retrouve vite S.D.F. dans New York. En plein désarroi, elle finit par appeler Mark. Il lui offre d'emménager chez lui – dernier point d'une stratégie autrefois suggérée par Flora – pour éveiller la jalousie de Christine. Si Flora partage maintenant l'appartement de Mark, elle n'en souffre que deux fois plus, si proche de l'objet du désir mais le sachant si loin d'elle. Malheureusement pour Flora la jalousie fonctionne et une Christine folle d'amour tombe dans les bras de Mark. Mark demande gentiment à Flora de ficher le camp, et la jeune femme se retrouve de nouveau dans la rue.

J'avais trois possibilités de fin. Toutes à peu près heureuses pour cette pauvre Flora qui s'en était vraiment trop pris dans la gueule jusqu'ici.

– C'est formidable. Vous avez le scénario ?

– Je suis en train de l'écrire.

– Il faudra changer des choses, pour l'instant c'est un peu trop gentil. Mais j'aime bien. J'aime bien. Finalement, Flora, c'est une pute.

– Comment ça, c'est une pute ?

– Oui, c'est le fantasme de la pute. Et c'est ça qui est formidable.

Je n'avais pas réfléchi autant.

– Alors voilà ce qu'on va faire. Vous allez le finir, on va se revoir. Il faut que je lise, qu'on voie ensemble les changements. Et puis on va l'emmener faire un tour dans les studios.

Il avait dit ça avec un aplomb considérable.

– On ira d'abord chez Universal – je les connais bien. À quoi elle ressemble Flora ?

– Physiquement ? Un mètre soixante, une frange, brune. Elle est très maladroite. À ce déjeuner, par exemple, elle aurait déjà cassé un verre, renversé la carafe d'eau. Au début de l'histoire, elle a les cheveux dans les yeux – elle se cache –, elle est un peu courbée.

– Elle est ultra-mal dans sa peau quoi.

– Oui mais, au fur et à mesure, elle va apprendre à se tenir droite, au propre et au figuré.

– Winona va adorer. C'est pour elle. Il faudra bien travailler le pitch. Le pitch, c'est crucial.

– Bien sûr.

– Si vous ratez le pitch, c'est même pas la peine d'avoir écrit le scénario.

– Évidemment.

Il m'avait raccompagnée chez moi. Tripthi m'attendait sur le perron, ne tenant pas en place à l'idée que je lui raconte. À la vue de la voiture de sport, elle s'était écriée : « Mon Dieu, s'il a une Porsche, c'est qu'il est très important. » Est-ce qu'il produirait l'histoire de Flora ? Je n'en avais aucune idée. En attendant il me fallait éclaircir cette histoire de pitch. Je n'avais pas voulu avoir l'air idiot, mais je n'avais aucune idée de ce que ce mot signifiait.

Ce soir-là je m'étais couchée, le sourire aux lèvres et des étoiles dans les yeux. Était-il possible qu'à peine arrivée à Los Angeles je rencontre un tel bol ?

6.

Évidemment que non, et la réponse ne s'est pas fait attendre. Nous nous sommes retrouvés trois fois à la cafétéria de l'école de cinéma pour discuter de Flora, mon personnage principal, puis Luc m'a emmenée à une soirée donnée par l'un des membres du *French Hollywood circle*. Si je m'installais à L.A., disait-il, il était important que je fasse connaissance avec cette petite communauté. Il est passé me prendre, et nous sommes arrivés à la soirée vers 21 heures. La porte de la maison était grande ouverte, et l'on pouvait entendre des rires. Luc m'a prise par le bras et m'a entraînée jusqu'à un petit groupe formé de cinq personnes entourant... la seule actrice française officiellement établie à Los Angeles. Elle racontait que Woody Allen était fou d'elle et qu'il se repassait en boucle les cassettes de ses films. À coup sûr, il la choisirait pour son prochain long métrage.

Le fait que Luc la connaisse ne m'impressionnait pas du tout, j'avais rencontré Robert De Niro dans mon bureau de tabac en 1994 (avec des lunettes noires à 7 h 30 du matin) et aidé Uma Thurman à décharger son Range Rover à New York, en 1996 (elle portait une table sur sa tête, j'avais proposé de l'assister). Harrison Ford m'avait serré la main au festival de Venise, me prenant manifestement pour quelqu'un d'autre et, clou du clou, Romy Schneider m'avait caressé la joue en me disant que j'étais mignonne (j'avais sept ans, ça ne compte pas ?).

– Tiens, Luc ! Qu'est-ce que tu fous là ? s'exclama l'actrice.

– Je te présente ma petite amie, dit-il en se tournant vers moi.

Soufflée par la nouvelle – j'étais sa petite amie, et je ne le savais même pas –, je suis restée coite. L'actrice m'a dévisagée un instant, ou plutôt m'a « balayée » du regard, avant de reprendre son speech sur Woody Allen vraiment fou d'elle et de son talent.

Fallait-il que j'humilie Luc publiquement (en m'adressant directement à lui : « T'es con ou quoi ? » ou en m'adressant aux autres : « Le pauvre gars est complètement mythomane »), que j'attende qu'on ait quitté ce barbecue franco-français sans intérêt pour le remettre à sa place, que j'attrape une quiche lorraine et que je l'écrase sur sa chemise ?

Luc n'était pas très beau. Il saisissait sa chance de faire croire à *son* monde entier que oui, c'était possible, une fille pouvait s'intéresser à lui. Il voulait sauver les apparences. Du *wet-dog-isme* pur. Je ne pouvais pas vraiment lui en vouloir. Il avait dû essayer quelque chose avec l'actrice, elle n'avait pas voulu de lui, il voulait se venger. Ce qui me déplaisait, ce n'était pas qu'il ait dit ce qu'il avait dit, mais le fait qu'il ait fait de moi sa victime plutôt que sa complice. Il m'aurait demandé gentiment de me faire passer pour sa petite amie, j'aurais joué le jeu, par amitié. Mais là, il ne m'avait pas demandé mon avis.

Cinq minutes plus tard, tandis que je tergiversais toujours avec moi-même sur les mesures à prendre, il a recommencé.

– Tiens, François, je te présente ma petite amie.

Depuis 1967, année de ma naissance, je n'avais pas été fichue de répondre à une moquerie, une attaque, une insulte. Je m'étais fait avoir un nombre de fois incalculable. Ma naïveté n'avait d'égal que ma faiblesse. Mon manque de confiance en moi m'avait condamnée aux professions artistiques, me rendant incapable de supporter l'épreuve d'un entretien d'embauche.

Je n'avais pas fait quatorze mille kilomètres pour continuer comme ça. Si je la voulais, cette nouvelle vie, il fallait que j'apprenne à me défendre, à exprimer ma colère (autrement que via mon système lacrymal, par ailleurs hyper performant), à me faire respecter. Moi aussi j'avais droit à mon arc.

J'ai pris Luc par la manche, l'ai traîné dehors, et lui ai dit que je ne serais jamais sa petite amie. Il m'a répondu que si je refusais de sortir avec lui, il ne s'occuperait pas de mon scénario (na-na-naire). J'ai rétorqué que je le trouvais immature et malhonnête. Il m'a proposé d'en discuter devant un plat de sushis, et j'ai refusé.

– Je te ramène, a-t-il conclu, en bipant sa voiture (condamnation centrale des portes).

Retour à deux cents à l'heure. Un véritable jeu vidéo. J'ai fait appel à son bon sens – pourquoi rouler si vite ? – sans succès. Si je survivais à ce trajet, je ne lui adresserais plus jamais la parole. Conduire comme un con pour faire peur à une fille, sous prétexte qu'elle a dit non, c'est petit joueur. Quand je suis descendue de la voiture, je lui ai dit que je préférais encore enterrer mon scénario plutôt qu'avoir affaire à lui. Il est devenu tout rouge et a démarré en trombe.

Une semaine plus tard, il recommençait à me téléphoner. Jusqu'à cinq fois par jour. Tripthi filtrait. J'étais en cours, à la gym ou au supermarché. Elle trouvait toujours quelque chose. Puis il a débarqué chez nous, à plusieurs reprises. Enfin, il m'a écrit des lettres. Il ne comprenait pas que je me refuse à lui. J'ai donc fini par prendre mon téléphone pour lui demander de m'oublier. Il perdait son temps.

– Et pourquoi ?

– Tu veux vraiment savoir pourquoi ?

– Oui.

– Parce que tu ne fermes pas la bouche quand tu manges, que tu as un strabisme divergent, que tu affabules, sans le charme du conteur, parce que tu marches les pieds en dedans, que tu conduis comme un nase, et une Porsche, en plus. Ça te va, ou je continue ?

Il a raccroché. Aussitôt après, le téléphone sonnait. C'était Arthur, un ex-fiancé qui nourrissait une certaine culpabilité à mon égard (il avait changé d'avis dix jours avant le mariage, un an plus tôt). Américain résidant en France, il avait néanmoins conservé une automobile qui dormait dans un garage de San Francisco. Régulièrement, il me proposait de me la prêter. Soucieuse de ne rien lui devoir, j'avais jusqu'ici refusé son offre. Jusqu'à maintenant, j'avais toujours mis un point d'honneur à refuser l'aide d'autrui. Du coup j'avais dû me battre toute seule, et j'avais perdu toutes les batailles. Vraiment intéressant. Dans une optique de changement radical de mes comportements, j'ai demandé à Arthur (après avoir pris ma respiration) de me prêter sa voiture.

Aussitôt dit, aussitôt fait, l'automobile avait été livrée soixante-douze heures plus tard devant ma porte, en plein quartier mexicain.

Elle était superbe – plus belle encore que la voiture du producteur. C'était une Saab 900 turbo, âgée de deux ans à peine, cabriolet vert anglais, intérieur en cuir beige. Dossier chauffant, rétroviseurs électriques, tableau de bord en ronce de noyer ; quant à la capote, il suffisait d'appuyer sur un petit bouton pour qu'elle se déploie ou au contraire vienne se cacher derrière les sièges. Luxe et volupté. Tripthi et moi étions toutes deux affolées : comment arriverions-nous à nous repérer dans cette ville tentaculaire qui vomissait des autoroutes tous les cinq kilomètres ? Et comment ferions-nous pour ne pas nous la faire voler ?

Nous tremblions de peur, chaque soir, à l'idée de ne pas la retrouver le lendemain matin, et nous avions acheté un « club », sorte d'antivol qui coince le volant – à Los Angeles, tout le monde met un club au volant de sa voiture, c'est *normal.* Nous sortions au milieu de la nuit pour vérifier si elle était bien à sa place. Nous avions décidé qu'il fallait la laisser le plus sale possible, pour qu'elle ne se fasse pas remarquer.

La pollution de la ville s'en était chargée en trois jours.

Je m'étais entraînée, avec Tripthi en *codriver,* à conduire cette voiture qui me paraissait gigantesque. Nous avions fait cinquante fois le tour du pâté de maisons, histoire que je l'aie bien en main. Doucement, nous avions pris les avenues, puis les différentes *freeways* qui entourent ou traversent Los Angeles. Nous prenions toutes les sorties d'autoroute, dans l'espoir de nous familiariser avec la ville. Tout était loin de tout, il fallait un minimum d'une demi-heure pour se retrouver dans un quartier correct, vingt minutes encore pour accéder à un autre quartier intéressant, et ainsi de suite. Au bout d'un mois, nous avions sillonné la mégalopole comme si nous avions été chargées d'en dessiner la carte.

En France, les routes, rues, avenues sont toujours bien éclairées. À Los Angeles, il faut vraiment de bons phares et une bonne vue pour conduire la nuit. J'en étais incapable. Aussi, le soir, Tripthi m'accompagnait toujours. Elle était mes yeux.

À force de téléphoner au consulat de France pour prendre des renseignements, j'avais noué une relation amicale avec l'attachée culturelle, une femme belle, énergique, Lydia S. Elle organisait ce soir-là – nous étions déjà en juillet – un petit dîner chez elle. Tous les invités étaient français, on ne parlerait que français. J'avais proposé à Tripthi de m'y accompagner mais elle avait refusé, de peur de s'y sentir mal à l'aise. J'étais donc partie toute seule, dans ma belle automobile, vers 6 heures du soir. J'arriverais très en avance mais je préférais cela à arriver la nuit tombée, incapable de lire le moindre panneau indicateur. La maison était simple, décorée avec beaucoup de goût. Il y avait des fleurs partout, et un raffinement jusque dans la présentation des bouteilles de vin sur l'étagère de la cuisine. Le salon donnait sur un grand jardin éclairé de bougeoirs posés çà et là.

Lydia avait invité un producteur – un vrai, ayant déjà produit de nombreux films. Il avait représenté aux États-Unis une chaîne de télévision française et s'était chargé, au nom de celle-ci, de trouver des projets et d'y investir des millions. Il s'appelait Franck.

Il était intéressant, plutôt gentil, et portait de petites lunettes en acier. Il ne la ramenait pas, et s'amusait à parler d'autre chose que de ce qui devait l'accaparer du matin au soir. Lydia, généreuse, nous avait placés côte à côte, de sorte que la scénariste que je n'étais pas encore puisse lier connaissance avec le producteur qu'il était déjà. Nous avions discuté de tout autre chose pendant le dîner, mais au moment de partir, il avait recentré le débat.

– Tu pourrais écrire sur un sujet imposé ?

– Je crois.

Il avait noté son numéro de téléphone sur une boîte d'allumettes.

– Appelle-moi demain.

J'étais sortie ravie de ce dîner, et avais remercié Lydia de ses multiples attentions. Elle m'avait répondu, un peu gênée : « C'est mon rôle ici, tu sais. » Franck s'était joint à elle pour me raccompagner à ma voiture. Ma voiture qui était collée à la sienne : une Porsche cabriolet bleu marine.

Est-ce que tous les producteurs conduisaient une Porsche cabriolet bleu marine ?

Je sentais bien que ma voiture lui avait fait impression. Une fille qui conduit une voiture comme ça réussit forcément tout ce qu'elle entreprend.

Le surlendemain, j'avais téléphoné à son bureau. Son secrétaire (ouf, il en avait un) m'avait répondu. Après m'avoir mis en attente pendant deux minutes, il me l'avait passé.

Franck était un homme très pris. Il restait silencieux, à tourner les pages de son agenda en vue d'un éventuel temps libre.

– Mardi prochain, au bar du Mondrian, 7 heures du soir, ça te va ?

Je connaissais l'hôtel de nom mais n'y avais jamais mis les pieds. Il avait été récemment entièrement refait (par Starck) et tous les magazines avaient élu son *Skybar*, « *the hippest bar in town* », bar le plus branché de la ville.

À Los Angeles il est très courant de demander à son interlocuteur comment trouver son chemin. Le concierge du Mondrian m'avait, par téléphone, indiqué l'itinéraire à suivre. Il me faudrait prendre la *Santa Monica freeway* jusqu'à *La Cienega*, tourner à droite et remonter une bonne vingtaine de minutes jusqu'à *Sunset.* Là, je devrais tourner à droite : l'entrée du Mondrian se cachait derrière une porte en bois géante, haute d'environ sept mètres, avec une poignée d'acier.

De chez moi, il fallait compter une heure de route.

7.

Une trentaine de Mexicains, vêtus de blanc de pied en cap, se tenaient alignés devant l'entrée de l'hôtel. Avec l'efficacité d'une équipe d'infirmiers, ils s'occupaient d'ouvrir les portes aux conducteurs et passagers, de prendre le volant et d'acheminer l'automobile vingt mètres plus loin, avant de revenir devant l'hôtel au pas de course. Le service de voiturier s'appelle aux États-Unis *valet parking* et tous les établissements de Los Angeles, chics ou non, le proposent. Ce service vous est facturé, mais dépasse rarement les quatre dollars pour la soirée. Au Mondrian, il fallait compter la bagatelle de dix-sept dollars. Cinq étoiles luxe.

Le bar était parsemé de matelas géants – trois mètres sur quatre ? – recouverts d'une multitude d'oreillers de coton blanc, sur lesquels des gens étaient affalés, à l'orientale, un verre à la main. Derrière les matelas, et tout autour de la piscine, se tenaient quelques petites tables pour deux, avec une vue imprenable sur les lumières de la ville. Le Mondrian dominait Los Angeles, et assis là, devant ce paysage plongeant, on se sentait soi-même – vanité des vanités – un peu au-dessus du monde.

Les serveuses étaient toutes d'une beauté renversante. Elles portaient chacune un genre de sari de coton blanc et un petit bustier, très court et très collant, qui laissait voir leur nombril, et dix centimètres au-dessus, et cinq centimètres au-dessous. Ventre plat, évidemment. Elles marchaient pieds nus. Goa revisité par l'agence Élite. Ou l'inverse.

Franck apparut cinq minutes après moi. Il vint s'asseoir à ma table sans porter la moindre attention à ce nuage de top models. Très vite, il entra dans le vif du sujet. Il s'agissait d'écrire l'histoire d'un type qui veut passer une nuit avec son ex-petite amie, un ou deux ans après l'avoir quittée, et alors que celle-ci a retrouvé quelqu'un.

L'histoire m'apparaissait comme une déclinaison du film *Le Mariage de mon meilleur ami*, sorti récemment.

Leon nous avait un jour expliqué le phénomène – en anglais, *yesterday's recipe* : quand un film obtenait un grand succès commercial, tous les producteurs se mettaient en tête de chercher un script similaire. Si la recette avait rapporté une fois, il n'y avait pas de raison qu'elle ne rapporte pas une deuxième fois, une troisième, et ainsi de suite. C'est comme ça que l'on arrivait à une systématisation des thèmes.

Franck m'avait demandé, à brûle-pourpoint, comment je traiterais l'histoire. J'avais lancé quelques idées, qui lui avaient plu. J'avais proposé de lui faire un synopsis détaillé – ce qui me laisserait le temps de réfléchir un peu plus profondément à la manière de rendre le sujet plus original.

Nous avions dîné, discutant toujours de nos personnages principaux, auxquels déjà j'avais donné des noms : Sheryl pour la demoiselle, Philipp pour l'ex et Doug pour le nouveau petit ami de Sheryl. Nous avions beau être tous les deux français, nous étions à Los Angeles et c'était avant tout aux Américains qu'il fallait plaire

J'avais proposé le titre (n'importe qui en aurait fait autant) *One More Night.* Franck avait sauté de joie : la chanson du générique était toute trouvée. Il téléphonerait dès le lendemain à l'agent de Phil Collins.

Sheryl serait jouée par Julia Roberts.

Nous étions entourés, assis à des tables voisines, de *beautiful people* – gens beaux, richement vêtus et... affreusement bruyants. Les téléphones portables sonnaient sans arrêt, et le champagne semblait à peu près couler à flots. Ce devait donc ressembler à ça, Hollywood. On est hyper sûr de soi, on conduit une voiture allemande super puissante, on se fringue italien, on bouffe français, on vit en haut des collines et on se retrouve le soir au Mondrian pour se raconter les *méga deals* qu'on a montés pendant la journée.

Au moment du dessert – nous avions décidé de partager une panna cotta –, Franck avait ôté ses lunettes. Il s'était frotté les yeux quelques instants, puis les avait rechaussées.

– Bon, tu as un agent ?

Je n'avais pas d'agent et savais qu'à Hollywood, c'était la deuxième chose à se procurer après une voiture. Personne n'entrait directement en contact avec qui que ce soit, l'agent se chargeait d'être l'intermédiaire de toutes les négociations, et plus largement de toutes les situations. Ceux qui n'en avaient pas ne pouvaient rien faire, et c'était là un *catch twenty two* (terminologie locale du cercle vicieux).

Pour avoir un agent, il fallait déjà avoir « fait » quelque chose. Pour un scénariste avoir vendu un script, pour un acteur avoir obtenu un rôle, pour un réalisateur avoir été engagé comme réalisateur – et ainsi de suite pour les nombreuses autres professions du milieu. Mais pour vendre un script, obtenir un rôle ou un *assignment* de réalisateur, il fallait avoir un agent. La seule façon de briser le cercle était de rencontrer une opportunité comme celle que j'avais précisément en face de moi : quelqu'un qui décide de me faire confiance sans qu'on ait eu besoin de lui vanter les mérites de mes travaux.

J'avais donc avoué ne pas avoir d'agent, ce à quoi Franck avait répondu que ça n'avait « aucune espèce d'importance ». Le principal, disait-il, était que je me trouve rapidement un avocat spécialisé – *entertainment lawyer* – pour signer un contrat. Il ne voulait pas parler d'argent avec moi, il en discuterait avec mon avocat. Devant l'hôtel, Franck m'avait demandé mon ticket de *valet parking*. Il avait élégamment payé pour moi les dix-sept dollars qui m'avaient mise un peu mal à l'aise en arrivant.

Le lendemain, je m'étais mise à la recherche d'un avocat. Pour cela, j'étais allée à l'école et avais interrogé un de mes professeurs, Ted Schlesinger. Ted m'avait emmenée dans son bureau. Il m'avait invitée à m'asseoir et à lui raconter ce qui se passait.

– J'ai rencontré un producteur français qui veut m'engager pour écrire le scénario d'un sujet qu'il a déjà.

– C'est un type sérieux ?

– Très sérieux. Il a déjà produit trois films.

– Tu en as la preuve, enfin je veux dire... tu connais des gens qui le connaissent ?

– Oui. L'attachée culturelle du consulat. C'est elle qui me l'a présenté.

– Comment s'appelle-t-il ?

– Franck P.

– Ça ne me dit rien... mais je ne connais pas tout le monde.

– Il veut signer un contrat et m'a demandé de trouver un avocat. Je ne connais pas d'avocat, il faut absolument que j'en trouve un, très vite.

– Au début les producteurs sont toujours très pressés, mais ensuite, il ne faut pas être pressé pour les avoir au téléphone.

J'étais surexcitée, et Ted me paraissait un peu amer. C'était un homme d'environ 35 ans, terriblement séduisant, et même complètement irrésistible avec ses cheveux en bataille, le visage du Petit Prince, sa veste en tweed et ses santiags. Il était très posé et laissait toujours passer une bonne minute avant de répondre.

Ted, assis sur son fauteuil, avait maintenant le dos recourbé. Il se passait la main dans les cheveux d'avant en arrière et d'arrière en avant. Il était manifestement inquiet, en tout cas silencieux.

Je n'osais pas dire un mot, de peur de le déranger dans sa réflexion.

Soudain, il avait relevé la tête. Avec ses grands yeux gris, sa carrure impeccable, sa timidité tellement émouvante, le type était vraiment fondant.

Je rêvais de lui tomber dans les bras, mais j'avais appris – horreur – au début du trimestre qu'il venait de se fiancer à une certaine Faye. Je n'étais pas convaincue que Faye existe : Ted était tellement intègre qu'il aurait été prêt à l'inventer pour être sûr de garder une certaine distance vis-à-vis de ses étudiantes.

– Tu es sûre que c'est un type bien, ce Franck ?

– Sûre, non, mais plutôt sûre.

– Bon. Tu vas téléphoner à Peter Crumbley. C'est mon avocat. Surtout tu ne dois dire à personne que je t'ai filé son numéro – ça créerait des jalousies inutiles. D'ailleurs je te conseille de ne parler à personne de ce qui t'arrive là. Ni aux élèves de ta classe, ils seraient très jaloux, ni même... à tes professeurs. Les gens sont très aigris, bien plus qu'il n'y paraît. Je vais téléphoner à Peter, cet après-midi, ou demain matin si je n'arrive pas à le joindre tout de suite. Toi tu l'appelles demain après-midi, et surtout, précise bien à sa secrétaire que tu appelles de ma part. Fais gaffe quand même. On trouve de tout ici. Et surtout ne te réjouis pas trop avant d'avoir signé le contrat. Il y a tellement de producteurs qui veulent engager tellement de scénaristes, seulement crois-moi, au moment de débourser, comme par hasard, ils changent tous d'avis. Je ne voudrais pas que tu te fasses avoir. Tu comprends, si je te dis ça, c'est parce que moi aussi, au début, je me suis fait avoir. Il y a tellement de connards à Hollywood, c'est inimaginable. C'est comme ça que je me suis tourné vers la télé et les documentaires. C'est un milieu un peu moins malsain. Enfin je ne veux pas te foutre le moral à zéro avec mes recommandations de grand-mère. C'est formidable ce qui t'arrive. Je te souhaite vraiment que ça marche. Tu appelles Peter demain après-midi ?

– Oui. Merci Ted. Merci beaucoup.

– De rien.

8.

Quand je suis rentrée à la maison, j'ai trouvé Tripthi les yeux rouges et bouffis.

Elle a fondu en larmes tout en essayant d'articuler quelque chose. Je l'ai emmenée dans ma chambre, on a fermé la porte. Elle s'est assise sur le lit.

Tripthi avait, à l'heure du déjeuner, utilisé le micro-ondes de Christine. Christine l'avait prise en flagrant délit et l'avait insultée : Tripthi n'avait pas à utiliser les affaires de Christine, surtout pour réchauffer de la nourriture indienne qui pue et va laisser une odeur épouvantable – ce micro-ondes, maintenant, il était bon à jeter.

Tripthi s'était excusée mais Christine avait poursuivi en la menaçant de représailles si elle la surprenait en train de regarder la télé du salon, également sa propriété.

Là-dessus, Tracy était rentrée de ses cours et Christine lui avait fait part de l'outrage. Tracy avait à son tour sonné les oreilles de l'Indienne, en lui disant des trucs aussi gentils que : « Si tu viens d'un pays pauvre et qu'à cause de ça t'es pas capable de te payer un micro-ondes ou n'importe quoi d'autre, c'est ton problème. On te connaît pas, on t'a pas choisie, on vit avec toi par accident, et quand tu déménageras d'ici on gardera aucun souvenir de toi. »

Tripthi hoquetait, tremblait.

– J'ai la peau foncée, prononça-t-elle péniblement entre deux sanglots.

– Tripthi, oui tu as la peau foncée, mais Tracy est noire, noir c'est plus foncé que brun. Ça n'est pas une question de couleur, c'est juste que... tu n'es pas américaine.

– Dieu m'en préserve ! s'écria Tripthi.

Nous avons éclaté de rire et je lui ai proposé de déménager, de s'installer dans un appartement qui ne serait qu'à nous deux et où nous n'aurions de comptes à rendre à personne.

Tripthi, qui ne disposait ni d'un micro-ondes, ni d'un téléviseur, ni de la nationalité américaine, donc, n'avait pas non plus de voiture.

Le fait d'être piétonne dans une ville d'automobilistes ne l'avait jamais dérangée. Elle faisait l'intégralité de ses courses dans le supermarché face à l'université, et passait le reste de son temps à travailler, soit à la bibliothèque, soit dans sa chambre. Cela nous obligeait à rester à *walking distance* de l'université. Pas question donc de migrer vers des terres mieux famées.

Le soir même, nous avions pris notre splendide et folle automobile et avions sillonné les environs.

Parce que dangereux, le quartier proposait des loyers tout à fait raisonnables. Nous pouvions vivre dans un grand trois pièces pour la somme de six cent cinquante dollars.

Pendant deux heures, nous n'avions cessé de déranger les managers de différents buildings – petits immeubles de deux étages – pour visiter leurs *two bedrooms* (trois pièces) et *three bedrooms* (quatre pièces). À chaque fois nous étions accueillies de façon très professionnelle et consciencieuse : aucun de ces managers ne nous avait répondu « Je suis en train de dîner » ou quoi que ce soit du genre. Ici on était avant tout à l'écoute du client, et le client, ce soir-là, c'étaient Tripthi et moi.

À 10 heures moins le quart du soir, nous avions trouvé notre futur nid.

Trois chambres, un salon, une cuisine, une salle de bains, au premier étage d'un vieux bâtiment aux allures d'hacienda. Le manager, Bob, avait insisté sur la grande qualité de l'immeuble : il avait prouvé par deux fois bien résister aux tremblements de terre.

Nous autres Français n'avons pas l'habitude de nous renseigner sur le caractère antisismique des habitations, mais ici, c'est une chose courante, aussi courante que de demander si la cuisine vient avec le frigidaire et le four, ou si le chauffage est individuel ou non. Encore une fois, Los Angeles ce n'est pas Paris et le chauffage, ici, on s'on bat le flanc gauche pour la raison que les températures ne descendent pour ainsi dire jamais au-dessous des 20 degrés. En revanche, il est crucial de se renseigner sur l'air conditionné. Notre futur appartement n'était pas équipé de l'air conditionné. J'avais rassuré Tripthi en lui montrant les nombreuses fenêtres qu'il nous suffirait d'ouvrir pour nous rafraîchir, la chaleur venue.

Nous avions donc emménagé la semaine suivante, et la belle automobile nous avait suffi à trimballer, en un seul voyage, l'ensemble de nos affaires. Ne possédant ni matelas, ni futon, ni bureau, ni chaises, ni rien – sinon quatre assiettes et deux verres –, nous nous étions trouvées devant une dépense imprévue.

Qu'à cela ne tienne, Tripthi – toujours débrouillarde – avait dégoté le numéro de téléphone de l'Armée du Salut.

J'avais éprouvé un peu de honte à garer la Saab cabriolet devant le bâtiment.

Tripthi, au contraire, en était descendue – comme elle en descendait toujours – la tête haute, comme la reine d'Angleterre, prête à saluer dignement ses sujets.

Aux États-Unis, la voiture que l'on conduit a une importance capitale. Elle dit tout, en tout cas tout ce qui les intéresse : qui vous êtes, combien vous gagnez, quel est votre style de vie. Dans mon cas, il s'agissait d'un malentendu. Au volant de ma Saab, j'étais une sorte de Cendrillon avant minuit. Elle ne m'appartenait pas. Un jour, je devrais la rendre à Arthur – le jour où il cesserait de culpabiliser à mon égard.

Ce jour-là, je me retrouverais à pied, comme une cloche. J'évitais donc de frimer. J'étais follement heureuse de pouvoir me mouvoir dans la ville, mais très lucide quant au caractère temporaire de ce bonheur.

Nous avons choisi une table ronde en bois à vingt dollars (j'avais proposé que l'on transforme l'une des chambres en salle à manger), deux bureaux à trente et quarante dollars, deux tables de chevet à dix dollars chacune. Pour le reste, nous irions ailleurs, un autre jour. En attendant, nous dormirions par terre.

La moquette était pleine de puces. Nous nous grattions continuellement et des tas de petits points rouges étaient apparus sur notre peau. Nous nous en étions plaintes auprès de Bob, qui avait essayé chez nous une espèce de bombe fumigène désinfectante. Puis j'avais développé une allergie à l'antipuce, au point d'en avoir des crises d'asthme. Une nuit, à bout de forces, j'avais arraché la moquette de ma chambre.

Le confort n'avait pas vraiment d'importance. Tout ce qui m'importait, c'était de réussir ma vie aux États-Unis. Et de protéger ma colocataire de la haine ordinaire.

Pitch

D'après Tripthi, je ne resterais pas longtemps dans les bas quartiers. Elle m'imaginait m'achetant une superbe propriété sur les hauteurs de Bel Air, avec tennis, piscine, sauna et jacuzzi, déjeunant avec Leonardo (Di Caprio) prenant le thé avec Jennifer (Anniston), dînant avec chez Steven et Kate (Spielberg). J'avais beau lui répéter « Tripthi, arrête de fantasmer », la machine s'était mise en route, toute l'imagerie hollywoodienne se déployait maintenant dans l'imagination de ma camarade.

9.

L'avocat de Ted Schlesinger, Peter Crumbley, avait eu la gentillesse de m'accorder un rendez-vous cette même semaine. Je m'étais garée dans le parking de son immeuble : quatre dollars et cinquante cents la demi-heure. Je redoutais terriblement le montant des honoraires. Je ne pourrais pas payer plus de deux cents dollars la consultation.

Peter était un grand type à l'esprit aiguisé comme une lame de rasoir. Le total des revenus engrangés par ses clients se chiffrait en plusieurs centaines de millions de dollars – traduction : il n'avait pas de temps à perdre. Si Ted m'avait recommandée à lui, c'est que je devais avoir « quelque chose de plus » : ça l'intéressait de miser sur moi. Il proposa de ne pas prendre d'honoraires pour l'instant mais s'allouerait 7,5 % à la signature du contrat. Est-ce que j'étais d'accord ? J'étais d'accord. Il a pris les coordonnées de Franck P. et a promis de lui téléphoner rapidement. Il m'a avoué une passion pour le sancerre blanc, m'a félicitée d'avoir fait aussi vite, dans une ville où les gens rament des années avant de se voir laisser une chance, puis il m'a fait un grand et beau sourire, a ouvert la porte, et m'a serré la main.

– *Keep well. We'll be in touch.*

Je suis sortie de ce rendez-vous heureuse, tellement heureuse. La vie était douce, la vie me souriait. J'ai roulé jusqu'à Venice, et j'ai découvert des balançoires. À côté de deux toutes petites filles noires, je me suis balancée, de plus en plus haut, les yeux fermés, pour mieux ressentir la montée, la descente, au creux du ventre. Tous les éléments étaient réunis. Il faisait beau et j'avais de la chance.

– Tu me pousses ? m'a demandé l'une des petites filles.

– Bien sûr que je te pousse.

– Et moi alors ? a aussitôt réclamé sa petite sœur.

– Toi aussi.

La belle vie, c'était simplement d'être là, à pousser ces deux petites filles, pour qu'elles aillent haut, plus haut, encore plus haut, mais pas trop : il ne faut pas tomber, parce que tomber de haut, ça peut faire mal.

J'avais longé la promenade, m'arrêtant pour boire un thé glacé à la pêche, regarder les étalages de lunettes de soleil à cinq dollars ou la faune en tandem, vélo, rollers, skate. Tatoués, barbus, une guitare ou un pinceau à la main, tirant les cartes, massant les muscles du cou, protestant contre la circoncision ou la pollution des eaux, appliquant du henné sur les pieds, les mains, les jambes, le ventre ou le dos. J'avais vu une femme de quatre-vingt-cinq ans en maillot de bain échancré, rouge à lèvres fuchsia et cheveux blond platine jusqu'aux fesses embrasser fougueusement un très beau Noir de quarante ans de moins qu'elle, habillé d'une combinaison de cuir turquoise cloutée façon Village People. Vive la liberté.

Le lendemain, j'ai téléphoné à Franck P. pour le prévenir d'un prochain appel de Peter. Il n'était pas à son bureau, aussi me suis-je contentée de laisser un message.

J'ai continué de travailler tous les soirs sur l'histoire de Sheryl, Doug et Philipp. J'étais de bonne humeur, et rien n'avait vraiment d'importance. Pas même la colonie de cafards qui avait envahi notre appartement. Tant que les cafards sont sur les murs, ils ne sont pas dans la tête. Après tout, qu'est-ce que c'est qu'un cafard ? Une bestiole orange. Pas de quoi saper le moral des troupes. (Les cafards californiens sont tellement gros, jusqu'à quatre centimètres de long et deux de large, qu'on les prendrait presque pour des souris miniatures qui se seraient teint les cheveux en roux.)

Je me sentais libre, heureuse, en pleine possession de moi-même et de mes possibilités. Les élèves de l'école me regardaient maintenant avec intérêt. Je portais des couleurs de plus en plus vives, riais aux éclats à tout bout de champ, et chantais dans les ascenseurs. J'étais la version ronde de Françoise Dorléac dans *Les Demoiselles de Rochefort*. Pour la première fois en cinq ans, je marchais, cheveux au vent, sourire aux lèvres. Tellement radieuse que je ne me reconnaissais plus, lorsque par hasard mon regard croisait un miroir.

Environ dix jours plus tard, Peter m'a téléphoné : il ne parvenait pas à joindre Franck. J'ai essayé, à mon tour, de joindre « mon » producteur. Il s'était absenté, venait d'entrer en réunion, était déjà en ligne. Je rappelais, laissais des messages, mais Franck ne me retournait pas mes appels. Au bout d'une quinzaine de messages, j'ai commencé à m'inquiéter.

La semaine suivante, Peter Crumbley me contactait pour me signaler qu'il avait, lui aussi, laissé une dizaine de messages à Franck.

Je ne me suis pas démontée. J'appelais toutes les deux heures.

– Je suis désolé, il vient de sortir.

C'est quand même incroyable, s'absenter aussi souvent de son bureau.

Ça ne me dérangeait pas qu'il laisse tomber le projet. Ce que je voulais, c'est qu'il ait la correction de prendre le téléphone pour me le dire.

Je n'ai pas eu de nouvelles de Franck pendant trois mois – trois mois à l'allure d'un escalier qu'on descend. J'ai envoyé une lettre de remerciements à Peter Crumbley, m'excusant de lui avoir fait perdre son temps. Je continuais de suivre mes cours, et je me demandais bien pourquoi : si Hollywood était aussi pourri qu'ils avaient tous l'air de le penser, j'avais peut-être intérêt à faire autre chose. Mais quoi ? Et comment changer d'orientation, l'année universitaire étant déjà largement entamée ? L'école n'accepterait jamais de me rembourser. Je ferais mon *master* jusqu'au bout. Après tout, ce qui importait, c'était de changer de vie. Ça ne pouvait pas non plus être tout rose tout de suite.

Au mois d'octobre, Franck m'a téléphoné. Il voulait me voir pour « reprendre les discussions où nous les avions laissées ». Bizarre autant qu'étrange. Je suis restée au téléphone, à peu près muette, tandis qu'il me demandait : « C'est d'accord ? Ça te va ? » Je voulais dire non et j'ai articulé un « d'accord » qui sonnait faux.

J'ai eu le plus grand mal à me décider sur une tenue vestimentaire. Un jean, oui, non, lequel, avec quoi, pull bleu, non, chemisier, non c'est moche, une robe, non. J'avais vidé mes placards, tout fichu en l'air, et ma réflexion n'avait même pas progressé. Tripthi était entrée dans la chambre. Elle avait poussé un « oh » plein de compassion.

– Je ne peux pas m'habiller. Si je ne peux pas m'habiller, c'est que je ne peux pas y aller. Tu es d'accord, n'est-ce pas ?

– Tu pourrais rester comme tu étais tout à l'heure, non ?

– Il faut être intelligente, savoir se défendre, bien s'habiller, se faire respecter, avoir de la repartie, être charmante sans envoyer les mauvais messages, se montrer compréhensive sans passer pour une chiffe molle. Et se taper une heure de trajet.

– Ne t'inquiète pas, tout va bien se passer. Si ça se trouve, il va te l'apporter, ce contrat.

Je me suis maquillée, mal, coiffée, affreusement mal : mes cheveux étaient vraiment moches. Maintenant je n'avais plus le temps de les laver.

J'ai mis ma mauvaise humeur, mon instinct – appelons-le comme on voudra – dans ma poche, j'ai descendu les marches nous séparant du rez-de-chaussée et j'ai marché jusqu'à la voiture. Je me sentais gluante et guindée comme si on m'avait trempée dans un mélange d'huile pour moteur, de caramel fondu et de cire.

Nous nous sommes retrouvés dans un café, en face du Beverly Center. Avant même que Franck ne dise quoi que ce soit, qui j'ai vu débarquer ? Luc R., le faux producteur dont j'avais été la « petite amie » (pour un soir et seulement dans son imagination) passant là « tout à fait par hasard ». Il a serré la main de Franck, puis, sans même nous en demander l'autorisation, s'est assis à notre table. Les deux types ont commencé à discuter, avec un faux naturel déconcertant, puis ils ont échangé un sourire complice. Là, j'ai réalisé que c'était un coup monté. Ils étaient les meilleurs amis du monde, cul et chemise, Dupont et Dupond.

Je les imaginais en train de discuter des modalités de la pseudo-rencontre fortuite.

– Je l'invite à dîner à la maison et toi tu débarques.

– Non, ça fait trop coup monté.

– Oui m'enfin c'est un coup monté.

– Elle est tellement naïve la pauvre fille, elle n'y verra que du feu.

– Note qu'elle est déjà bien tombée dans le panneau.

– Elle y a vraiment cru, au contrat ?

– Et comment ! Elle s'est démenée pour trouver un avocat. À mourir de rire.

– T'as pris l'histoire que je t'avais donnée ?

– Comme un con je ne m'en souvenais plus.

– Comment t'as fait ?

– J'ai pris Le Mariage de mon meilleur ami, *j'ai inversé les rôles.*

– Et alors ?

– Rien. Son avocat m'appelle tout le temps.

– Elle en a trouvé un ? C'est pas vrai ?

– Je sais pas comment elle a fait mais ouais, elle en a trouvé un, et pas le plus mauvais en plus. Peter Crumbley.

– Crumbley ? (Soupir.) Ça je vais te dire, c'est le grand avantage des femmes sur les hommes. Un petit sourire, un peu de charme, et vas-y que je te décroise les jambes.

– Quand elles se font pas sauter...

– Elle s'est tapé l'avocat tu crois ?

– Non. Peter, c'est un professionnel. Il ne mélangerait pas tout.

– C'est pas comme nous.

(Rires.)

– Bon alors, reprenons.

– Moi j'aimerais bien la sauter. Surtout qu'elle a l'air d'une proie assez facile, la fille qui se barre toute seule, qui connaît personne. Joue à la baroudeuse mais n'en a pas l'étoffe.

– Position de faiblesse.

– Grande vulnérabilité.

– Grande potentialité. Tu veux juste la sauter ?

– C'est déjà pas mal. Et puis j'ai pas quitté la France pour me coltiner des grognasses françaises.

– Je peux l'emmener au cinoche.

– Et tu lui dis : « Vois-tu je voudrais que tu m'écrives le scénar sur ce ton-là. »

(Rires.)

– Tu débarquerais dans le cinéma. Ou à la sortie ?

– Je préférerais un truc plus chaleureux, tu vois. Genre...

– Genre bar ?

– Resto.

– Va pour resto.

(Ils sortent l'un et l'autre leurs agendas.)

– J'espère qu'elle acceptera de venir parce que je n'ai retourné aucun de ses appels depuis au moins... trois mois.

– Toi, elle t'appelle souvent ? J'oubliais, tu es son pro-ducteur.

(Rires.)

– Vingt-cinq ou trente fois cette semaine. La glu. Ça me fait pisser de rire ces gens qui s'accrochent. Si elle croit qu'Hollywood l'a attendue, elle rêve. Enfin, tout ça arrange bien nos affaires, ou plutôt les tiennes : plus elle rêve, plus elle se plantera, et plus elle se plantera, plus ce sera facile pour toi de la récupérer à la petite cuiller.

– Jeudi soir, ça te va ?

– Jeudi je peux pas, je dîne avec le directeur des coprod de Warner. Vendredi ?

– Vendredi, c'est bon.

– Dans le bistrot en face du Beverly Center, ça te va ?

– Parfait. Comment on fait ?

– J'y vais avec elle, et quand tu veux tu débarques. Ensuite je vous laisse. En tête à tête.

– Génial. Il te reste du bordeaux ?

– Ouais, ouais. Dans le frigo.

Le premier producteur, Luc R., m'a demandé pourquoi je refusais de répondre à ses missives. Quant au deuxième, Franck P., il a surenchéri, m'expliquant qu'il n'y avait aucune raison que je n'aie pas une aventure avec son camarade. Je me suis levée et, abasourdie, j'ai quitté le café.

Je me souviens que ce soir-là je portais un col roulé bleu marine, un jean noir, des bottines noires et une veste noire. J'avais relevé mes cheveux en chignon. Trop haut, moche, les épingles me piquant méchamment le crâne.

J'ai traversé le parking du Beverly Center. Je me suis assise dans ma splendide automobile. Je me suis mise à pleurer.

C'est beau, la solidarité entre Français.

10.

Au mois de novembre, une certaine Vicky m'a contactée. Elle disait m'avoir rencontrée à Paris en 1993, chez mon amie Véronique. Je ne me souvenais pas d'elle et sa voix ne me disait rien. Vicky était maintenant vice-présidente d'une maison de production. (Aux États-Unis, vice-président, ça ne veut rien dire. Dans un studio, on peut en compter jusqu'à quatre-vingts.) Elle se souvenait de mon deuxième roman et voulait que je lui parle de mes idées. Ça ne m'intéressait pas – il était grand temps d'arrêter les frais pour me concentrer sur mes études. Je lui ai donc expliqué que j'étais débordée de travail et qu'il m'était impossible de me libérer, ne serait-ce qu'une demi-heure.

Vicky a rappelé plusieurs fois. Elle insistait toujours plus pour me voir, tant et si bien qu'un jour, à court d'excuses, et n'ayant vraiment rien d'autre à faire – ni courses, ni devoir à rendre, ni coup de fil à passer –, j'ai accepté.

Le 8 décembre 1997, je me suis rendue chez Pebblestone, maison de production occupant des bureaux au sein de la Columbia.

Je suis arrivée en avance et me suis garée – comme elle m'avait dit de le faire – sous la pyramide (l'un des immeubles du « lot » Columbia a la forme d'une pyramide). Le gardien du parking a tapé mon nom sur l'ordinateur, pour vérifier que j'y étais bien attendue. Il m'a donné un laissez-passer Sony Columbia portant mon nom écrit en grosses lettres et le nom de la maison de production. J'ai regardé le laissez-passer, comme hypnotisée.

Disposant de vingt minutes, je me suis promenée dans les allées du studio. D'immenses gardénias embaumaient le passage. Un ensemble de petites ruelles rappelaient délicieusement New York. Les techniciens circulaient dans des petites voitures de golf. Il y avait un faux salon de barbier, une fausse boutique de vêtements et un vrai marchand de glaces. Des types en costume sortaient d'un bâtiment à pas cadencé pour entrer dans un autre.

Je me suis assise sur un banc et j'ai attendu qu'il soit l'heure. Tous ceux qui passaient devant moi m'adressaient un sourire.

À 11 h 30, je me suis présentée à Kim, la secrétaire, standardiste, réceptionniste, accueil de la maison de production. C'était une Anglaise immense, très maigre, à la voix douce. Elle était pieds nus et avait les ongles de pieds couverts d'un vernis vert métal.

Kim m'a invitée à patienter dans un petit canapé carmin. Après quelques minutes, Vicky est apparue. C'était une fille blonde d'un mètre soixante-dix, avec un regard méchant et je ne sais quoi de très masculin, malgré la féminité des traits de son visage et le petit pendentif cœur qu'elle portait autour du cou.

– Bonjour, tu as fait bonne route ? a dit Vicky, en français.

Sa voix était froide et sèche. Je l'ai suivie dans son bureau.

Elle s'est rappelé qu'elle avait un coup de fil à passer. Elle a pris un livre et me l'a mis entre les mains comme on met une tétine dans la bouche d'un bébé qui piaille – histoire de m'occuper pendant son coup de fil. J'ai tourné les pages de ce livre qui ne m'intéressait pas – je n'étais pas venue pour lire, surtout pas une lecture imposée de la sorte.

Puis Vicky a raccroché et j'ai posé le livre sur son bureau.

Elle a commencé à me poser mille questions, de manière assez brutale, passant de l'une à l'autre sans véritablement me laisser le temps de répondre.

Qu'est-ce que tu fais à Los Angeles, ah bon, tu comptes rester combien de temps, qu'est-ce que tu faisais à Paris avant de venir ? Tu connais des gens ici ? Tu as des amis ? Tu as un mec ? Tu as écrit quelque chose récemment ?

J'ai essayé de lui parler de *Rent-a-friend* mais elle m'a coupé la parole à la deuxième phrase.

– Je t'interromps parce que de toute façon, il n'y a aucune chance qu'on travaille avec toi.

Vicky a brandi un CD-ROM.

– Tu vois, il existe un software qui donne la liste exhaustive des scénaristes travaillant à Hollywood – c'est-à-dire qui ont déjà vendu au moins un script – et jamais, tu m'entends, jamais nous ne faisons appel à des débutants. Trop risqué. Pas intéressant. Tu n'as pas cru que je voulais te voir pour te faire bosser j'espère ?

– Non.

– Je voulais juste prendre de tes nouvelles. C'est vrai, on ne se connaît pas, mais tu viens de Paris, ah Paris ! J'y ai vécu trois ans, tu sais. J'adore revoir les gens que j'ai rencontrés à l'étranger. J'étais correspondante d'A.B.C. Bon, j'ai dix mille coups de fil à passer. Maintenant que je suis vice-présidente de la boîte, je n'ai plus une seconde à moi. Ajoute à cela que mon script (je suis aussi scénariste) intéresse énormément N.B.C. – de la science-fiction, tu aimes ça ? Mais c'est un peu compliqué parce que le producteur pour lequel je travaille, Steven, en est fou lui aussi. Il faut que je choisisse, enfin, tout ça sera bientôt réglé. Oh ! allez, je vais te faire une confidence : ce film, j'espère bien le réaliser moi-même.

Elle m'a tendu une carte de visite.

Vicky McFlurry
Vice-Présidente

Pebblestone Productions

– Bon, allez, pas de temps à perdre. C'était sympa de te voir. Je ne te raccompagne pas, hein, tu connais le chemin maintenant. Allez, au revoir !

Timidement, j'ai dit au revoir à Kim. J'allais quitter les bureaux, quand un grand type est entré. Il m'a lancé un *hello* de pur séducteur.

– *Hello*, ai-je répondu.

– *Who are you ? Are you a friend of Kim or Vicky ?*

– *Vicky*.

– *You must be French*, s'est-il écrié avec une joie immense. *We must talk !*

Il avait l'air très heureux et était certainement plus chaleureux que sa vice-présidente. Il m'a invitée à le suivre dans son bureau.

Il m'a posé les mêmes questions que Vicky, mais pas de la même façon.

Est-ce qu'il était éméché, ou juste irrésistiblement sympathique ? La belle cinquantaine, Steven ressemblait comme deux gouttes d'eau à Peter Coyote. Avant d'être producteur il avait été acteur.

– Ah ! s'écria-t-il dans un soupir. Vous autres Français, vous avez tout compris. Le vin, les femmes, la belle vie. Même les gouttes bleues, il a fallu que ce soit vous qui inventiez les gouttes bleues. Vous savez de quoi je parle, n'est-ce pas ?

– Les gouttes bleues pour faire briller le blanc des yeux ?

– Vous pensez que vous pourriez m'en avoir une petite bouteille ? Je vous rembourserai, bien sûr.

Vicky nous avait entendus et était entrée dans la pièce, inquiète.

– Qu'est-ce que vous voulez boire ? me demanda Steven. Coca-cola, café, cappuccino, jus d'orange, jus de raisin bio, jus de raisin ordinaire, whisky, tequila, est-ce que vous avez faim ? Quelle heure est-il ? Voulez-vous un sandwich à la dinde, au thon, au pastrami, une *Caesar salad*, un *sundae* caramel, un cigare ? Kim ! Ki-im ! Allez nous chercher du sucré, du salé, enfin, tout ce que vous trouverez. Et puis des boissons aussi. Coca light pour moi. (Se tournant vers moi.) Il faut que je fasse attention à ma ligne.

Il laissa un temps mort. Sentant le vent tourner, Vicky en profita pour placer qu'elle m'avait rencontrée à Paris et que j'étais une de ses amies. Elle s'assit à côté de moi et me prit par les épaules, pour montrer *à quel point nous étions liées*.

– La vérité, c'est que Vicky et moi ne nous sommes rencontrées qu'une fois.

– Alors, m'a-t-il demandé, à voix presque basse, vous écrivez quelque chose en ce moment ?

Je lui ai raconté *Rent-a-friend*.

Au milieu de mon récit, Kim est arrivée avec un assortiment de boissons sur un plateau.

Avachi dans son fauteuil, une canette de Coca light à

la main, Steven me regardait en souriant – d'un sourire de vainqueur.

À la fin de mon récit, il a fait la moue, froncé les sourcils, et décroisé les jambes.

– Fausse bonne idée, a-t-il lancé, implacable. Vous avez autre chose ? Un vieux script peut-être ?

Je lui ai raconté aussi vite que possible mon deuxième roman, qu'une amie m'avait proposé d'adapter. (L'histoire d'une fille qui découvre dans un livre emprunté à la bibliothèque un passage souligné qui semble s'adresser à elle. Sur la dernière page du livre, l'auteur du soulignement a écrit le nom du prochain livre à lire. Elle l'emprunte, y découvre de nouveaux passages soulignés, et ainsi de suite. Elle tombe amoureuse de ce souligneur, dont elle ne sait rien sinon qu'il a un crayon à papier, et part à sa recherche. Etc.)

Il m'a expliqué en deux minutes pourquoi mon histoire ne collait pas au modèle hollywoodien, reprenant tous les aspects de la structure que s'acharnaient à nous enseigner nos professeurs. Ses explications s'étoffaient d'exemples clairs, de remarques pertinentes, d'un humour caustique et d'un cynisme certain. Le tout arrosé d'un brin de prétention et d'arrogance.

Il y eut à nouveau une minute de silence, durant laquelle Steven me considéra d'un air de prédateur.

– Je suis sûr que vous ne me dites pas tout.

– Cette fille-là, elle a des idées tout le temps, a ajouté Vicky.

– Alors ?

Ils étaient là, tous les deux, à me dévisager. Je n'avais rien d'autre en poche, mais je ne voulais pas sortir de ce bureau laminée, sur un échec. Je voulais quitter ce meeting improvisé la tête haute, l'honneur sauf.

Trouver une idée. Trouver une idée ou sortir de là et

pleurer dans ma voiture. Une belle voiture, certes. Bon. Je suis dans le bureau d'un producteur, c'est la chance de ma vie, il ne faut pas la rater. Cinq. Quatre. S'il existe un ange gardien quelque part au-dessus de ma tête, c'est le moment de se réveiller. Trois. Deux. Au secours, là-haut. Un. N'importe quoi. La tour Eiffel.

– Oui, j'ai une autre idée. Mais je ne crois pas qu'elle puisse vous intéresser.

– Ah bon ? Et pourquoi ?

(Prendre un air hautain. Faire la mystérieuse. Appliquer au business ce que je n'ai jamais su faire en amour. Inaccessible. Vous ne m'intéressez pas. Je n'ai pas besoin de vous.)

– Vous êtes une petite maison de production et c'est un projet... cher.

– Très cher ?

– Très très cher.

– Combien ?

– Deux cents millions de dollars.

(J'y suis allée un peu fort. Qu'est-ce que j'en sais du coût d'un film ? Je n'y connais rien.)

À ces mots, Steven s'est levé. Il a commencé à faire les cent pas.

– Deux cents millions de dollars ? Mais qu'est-ce que ça peut bien être ?

Il était nerveux, je devinais que ses mains commençaient à transpirer.

– Donnez-moi un indice au moins. Vous ne pouvez pas me laisser comme ça.

– Un indice...

J'avais pris le pouvoir sur eux deux. Ça ne durerait qu'un instant. Mais quel instant !

– Paris.

Steven était de plus en plus agité. Il attrapa une deuxième canette de Coca light.

– C'est quel genre d'histoire ?

– Une grande histoire. À la David Lean.

– Deux cents millions de dollars... deux cents millions de dollars. Un indice de plus, donnez-moi un indice de plus. Je vous en supplie.

Kim a posé sur la table des salades en tout genre, des assiettes et des couverts en plastique.

– C'est énorme. On ne peut pas le rater. (En anglais : *You can't miss it* – le *it* peut être soit masculin, soit féminin, dans le cas présent, mon *it* ne donnait aucune indication du genre.)

Tout à coup, le visage de Steven s'est éclairé.

– Est-ce que c'est ce que je crois que c'est ?

– Je ne sais pas ce que vous croyez que c'est.

– Si c'est ce que je crois, Caroline...

– C'est la tour Eiffel. Gustave Eiffel a construit la tour Eiffel pour une femme qu'il aimait follement. Personne ne le sait. C'est une histoire d'amour extraordinaire.

(Mais enfin je ne sais rien de la tour Eiffel, encore moins des amours de Gustave Eiffel. J'ai trop parlé. Réflexe de survie, attaque de mythomanie, délire, dérapage romanesque ?)

– J'en étais sûr. La tour Eiffel. Formidable, extraordinaire, fabuleux. Et puis personne n'a rien fait encore sur la tour Eiffel. Et puis la tour Eiffel c'est Paris, et Paris c'est l'amour – quoi de plus beau, – quoi de plus vendeur que l'amour ? Vous sauriez pitcher cette histoire avec un peu plus de... détails ?

– Pitcher ? Bien sûr que je peux pitcher. Avec détails, sans détails. (Bluff pour bluff, allons-y gaiement. Il faudrait quand même que je me renseigne sur la signification de ce verbe.)

Vicky paraissait perplexe. Elle avait la bouche

ouverte et ressemblait à un gros poisson tropical qui vient de comprendre son erreur.

– Vicky, préparez tout de suite un contrat.

J'ai pris mon air blasé (un contrat, si vous insistez). Puis Kim a noté mes coordonnées et celles de Peter Crumbley.

Au moment de dire au revoir Steven m'a regardée dans les yeux et m'a dit : « Sachez que mon instinct ne me trompe jamais. »

J'ai décapoté mon automobile, mis le *medley* disco de Dalida à fond. Je dansais une demi-danse du ventre sur mon siège en roulant à 120 à l'heure. À mi-chemin j'ai dû me faire violence pour calmer mon enthousiasme. Arrivée à la maison, j'ai trouvé Tripthi en train de faire cuire des pois chiches. Je lui ai annoncé la nouvelle et elle a hurlé de joie pire que moi. Elle s'est mise à danser, chanter, rire. Elle a répété « Je le savais, je le savais, je le savais » au moins vingt fois. Pour fêter la vie qui s'annonçait, nous avons décidé d'aller déjeuner dans un restaurant chic, suivi par un shopping dans notre *mall* préféré, Century City, où une voix suave sortie tout droit d'un ordinateur nous disait, au moment d'entrer dans le parking : « *Please, take the ticket.* »

Nous répétions cette phrase constamment, à qui mieux mieux pour la diction. Laquelle d'entre nous se rapprocherait le plus de l'intonation lascive de la machine ?

Nous en étions arrivées à fréquenter ce centre commercial uniquement pour entendre ce « *Please, take the ticket* ». Nous adorions la voix et nous esclaffions aussitôt. Les jours heureux, un rien nous amusait. Il n'y avait pas vraiment de jours malheureux. Tripthi et moi partagions, malgré une totale absence de points communs, une amitié très forte et sans faille. Je lui avais appris à faire la sauce tomate ou les pommes de terre sautées aux oignons, au persil et à l'ail, le poulet rôti, la pâte sablée, le clafoutis aux cerises. Tous les soirs nous discutions pendant deux heures au moins. Nos vies d'avant, et comme pour un scénario : nos craintes, désirs profonds etc. Nos vies d'après, lorsque nous partirions, chacune de son côté, nous n'en parlions jamais. C'etait inconcevable, pour elle comme pour moi. Le présent nous était trop cher. Nous nous adorions – sans jamais nous l'avouer, bien entendu. En France, en Inde, on est pudique.

Ce soir-là, n'ayant pas trouvé de définition plausible dans mon vieux Harrap's, j'ai téléphoné à mon professeur Léon Wasserman.

– Pitcher ? C'est raconter une histoire de la façon la plus alléchante en six minutes maximum, si possible quatre et idéalement deux, dans le but de la vendre à un producteur. Les vrais pros pitchent en trente mots. Ou moins.

– Pourquoi faire si court ?

– Parce qu'il y a trente mille scripts en circulation. Personne n'a le temps de les lire.

– Alors à quoi ça sert d'être scénariste ?

– Une fois que le deal est signé, il faut bien que quelqu'un écrive le script, non ?

11.

Ma famille m'envoyait de temps à autre un paquet. Pot de confitures, sel de Guérande ou espadrilles multicolores me parvenaient dans les boîtes jaunes de la poste. Le paquet prenait généralement son temps – conscient que pour se faire apprécier à sa juste valeur, il faut se faire désirer. De huit jours à six semaines, il était impossible de prévoir son arrivée. Notre facteur s'appelait Brenda, était noire, grande, un peu ronde, portait le chignon et s'habillait en bermuda, chemisette *US Post Office* et chaussures de sport à Velcro. Nous la croisions quelquefois tandis que nous partions pour la fac ou au contraire que nous en revenions. Elle connaissait nos prénoms mais nous appelait généralement *girls*. Elle était devenue pour nous presque une amie – elle nous apportait les bonnes nouvelles. Elle savait que les paquets jaunes m'étaient adressés tandis que les paquets beiges étaient destinés à Tripthi. Elle reconnaissait l'écriture ronde de ma mère, et celle, serrée, de mon frère.

(Aux États-Unis, on ne tient pas son stylo de la même façon qu'en France. Nous avons appris à écrire avec des stylos-plumes, qui nous forçaient à une certaine prise et à la précision. Ils ont appris à écrire avec des Bic, et semblent un peu mal à l'aise dès qu'il s'agit de prendre en note. Nous tenons un stylo en serrant sa pointe entre l'extrémité du pouce, de l'index, et le flanc gauche du majeur. Ils tiennent leur Bic coincé hasardeusement entre les phalanges du milieu de l'index et du majeur. Le pouce repose vaguement sur l'index, sans rien apporter vraiment au délicat équilibre de ce numéro. Quand on fait l'essai, on se rend compte qu'il est extrêmement difficile d'écrire de cette façon. Tout ça pour dire qu'il est facile de distinguer une écriture américaine d'une autre.)

Brenda nous remettait les lettres ou colis, nous poussions un grand cri de joie, la remerciions vivement. Nous prenions place sur le canapé en cuir orange élimé du salon, et nous nous lisions, l'une l'autre, le contenu de ces lettres. On ne s'imagine pas, quand on vit en France, à quel point celui qui vit loin des siens fait une fête du courrier ou des paquets qu'il reçoit. La carte postale de Venise ou de Londres qui, à Paris, ferait tout juste plaisir, donne lieu, lorsqu'on est loin, à une émotion majeure.

Est-ce que tout allait vraiment bien là-bas ? Est-ce qu'on ne leur manquait pas trop – ou plutôt :

Est-ce qu'on leur manquait suffisamment ? Et eux, ils ne nous manquaient pas trop ?

Les petites amitiés s'étaient vite estompées. Ne subsistaient que les grands amis, ceux qui téléphonent même s'ils sont fauchés, qui faxent d'où ils peuvent et envoient des colis remplis de moutarde ou de petits articles découpés ici et là – « pour que tu sois un peu au courant de ce qui se passe ici ». Paris ne me manquait pas, mais j'avais peur de perdre, petit à petit, la trace de ces gens que j'aimais et qui constituaient pour moi tant de repères, même s'ils ne suffisaient pas à mon bonheur.

Au bout de combien de temps n'aurait-on plus rien à se dire, plus rien à partager ? Nous ne pourrions pas vivre éternellement sur notre acquis. L'amitié, comme l'amour, s'entretient. Ce n'était que cela, l'acte courageux : accepter l'idée de laisser derrière soi les gens qu'on aime. Lorsque mes amis me téléphonaient, lorsque je les appelais, nous avions toujours une petite histoire à nous raconter. Une ou dix. Nous continuions d'échanger mais ne partagions déjà plus. Chacun dans son monde.

Ici, je m'étais reconstitué une famille. Tripthi était devenue ma sœur, ma mère, ma meilleure amie. Nous déjeunions et dînions ensemble. Nous nous promenions ensemble. Quand j'étais malade, elle descendait m'acheter des médicaments. Elle me préparait une soupe, une tisane, s'asseyait à côté de moi et me racontait des histoires pour que je ne m'ennuie pas.

Lorsque je rentrais tard de mes cours, si elle était déjà couchée, je trouvais toujours un petit mot par terre :

> *Je t'ai préparé des pommes de terre sautées, comme tu aimes, elles sont sur la cuisinière. J'espère que tu as passé une excellente journée. À demain !*
>
> *Tripthi*

Tripthi était belle mais se trouvait commune. Lorsque je l'avais connue, elle s'habillait n'importe comment, dans des vêtements flous et totalement dépareillés. Le résultat n'étant pas toujours très heureux, je m'étais permis, une fois l'amitié bien installée, de lui donner quelques menus conseils. Tripthi portait – comme la majorité des jeunes Américains – des chaussettes en coton blanches dans des grosses sandales ouvertes, des pantalons trop grands et des tee-shirts XL.

Je lui avais d'abord proposé de se mettre pieds nus dans ses sandales. Tripthi n'aimait pas ses pieds. Qu'à cela ne tienne, je lui avais fait une pédicure. On coupe, on lime, on vernit. Tripthi n'en revenait pas du résultat. Voilà qu'elle voulait montrer ses pieds à tout le monde. Un de ses amis passait par là, avant même de lui dire bonjour, elle lui présentait ses doigts de pieds : « Regarde ! Regarde ce que Caroline a fait ! C'est beau, tu ne trouves pas ? » Je lui avais appris à se maquiller, légèrement. Lui avais offert une petite bouteille d'eau de toilette. Des chaussures. Une jupe. Je voulais lui donner de l'assurance et lui répétais à longueur de journée qu'elle était belle, intelligente, drôle, en un mot exceptionnelle. J'avais réussi à la convaincre. Jour après jour, elle se tenait de plus en plus droite. Bien que nous n'ayons pas du tout la même taille – elle faisait du 36 et moi du 40 –, je lui prêtais tous mes vêtements.

– Non, je ne peux pas porter ça, c'est beaucoup trop beau pour moi.

– Trop beau pour toi ? Mais qu'est-ce que ça veut dire ? Ça ne veut rien dire. Vas-y, essaie.

Elle essayait, ses yeux tout à coup s'écarquillaient.

– Tu vois, ça te va très bien. Et même beaucoup mieux qu'à moi.

D'où sortait-elle cette idée que certaines choses étaient trop belles pour elle, je n'en avais aucune idée.

– Répète après moi : Rien n'est trop beau pour moi, je mérite ce qu'il y a de mieux.

– Rien n'est trop beau pour moi, je mérite ce qu'il y a de mieux.

Elle éclatait de rire.

Lorsqu'elle sortait – invitée à dîner chez ses amis de Bombay –, je l'encourageais à mettre tels veste, robe, gilet apportés avec moi de Paris. Elle se regardait dans la glace, éblouie, et disait « Oh la la, je ressemble à une Parisienne ». J'étais devenue son habilleuse-maquilleuse-styliste. Je lui avais prêté des chaussures pour qu'elle apprenne à marcher avec des talons, mais elle s'était tordu la cheville – nous avions dû renoncer.

Je m'occupais aussi de son brushing hebdomadaire. Tripthi avait des cheveux noirs très épais et splendides qui lui arrivaient aux épaules. Personne ne pouvait en profiter : elle les relevait entortillés sur le crâne et les attachait avec une barrette. Tripthi n'aimait ses cheveux lâchés que lorsqu'elle allait chez le coiffeur. Celui-ci les raidissait de sorte qu'ils paraissaient... plus européens. C'était là un luxe qu'elle ne pouvait pas s'offrir trop souvent. Nourrissant depuis toujours une passion pour la coiffure, j'étais devenue son coiffeur. Il m'avait fallu lutter, Tripthi craignant de me « faire perdre mon temps ». Une fois sortie de sa douche, séchée et habillée, elle frappait timidement à ma porte.

Je la suivais dans la salle de bains. Notre salle de bains avait deux caractéristiques principales. Il y pleuvait les jours de pluie, et c'était là le lieu de prédilection des cafards, cafards croisés si souvent au fil de la journée que nous avions fini par leur donner des noms : Luc l'affreux, Vicky McBacon, etc. Tandis que je m'apprêtais à lui sécher une mèche de cheveux, l'un d'entre eux traçait une diagonale sur le mur.

– C'est lequel celui-là ?

– C'est Franck la miette.

– Tu crois ?

Chaque cafard se voyait donc affublé du prénom de celui ou celle qui nous avait récemment contrariées. Frank la miette, dans le texte *Frank the Flake*, provenait de l'adjectif *flaky*, littéralement « qui s'émiette » (*flaky dough* : pâte feuilletée). Un homme *flaky* n'a pas de parole. On ne peut pas lui faire confiance. Il est irresponsable – et s'émiette comme un vieux croissant, donc. Il existe en réalité trois façons de présenter la chose. Adjectif, nom commun ou verbe. *He is flaky* (il s'émiette), *he's a flake* (c'est une miette) ou encore *he flaked on me* (il m'a fait faux bond, littéralement « s'est émietté sur moi »).

J'enroulais la mèche autour de la brosse ronde au corps métallique – pour que ça « prenne mieux », – je séchais, j'attendais le refroidissement de la mèche, et je déroulais. Au bout de trente mèches, j'avais bigrement mal aux bras, et il fallait faire une pause. Tripthi nous servait alors un verre de Pepsi – Tripthi trouvait que le Pepsi, c'est mille fois mieux que le Coca –, elle culpabilisait de me faire ainsi travailler. Je lui expliquais que j'adorais la coiffer, et même, que je rêvais de lui faire, un jour, des chignons extravagants. Elle était rassurée, nous pouvions passer à autre chose. Une fois le brushing terminé, Tripthi restait dans la salle de bains pendant au moins un quart d'heure à s'extasier. Elle riait, chantait, et arpentait les pièces de l'appartement en secouant sa masse de cheveux de droite à gauche, comme si nous étions en train de tourner la publicité d'un shampoing.

Je plaçais alors dans la chaîne un disque d'Ella Fitzgerald – *The Jerome Kern Songbook* –, programmais *All the things you are*, appuyais sur la touche *repeat*. Et voilà qu'en une seconde, Tripthi et moi nous prenions pour Rita Hayworth, Marilyn Monroe ou Kim Russell. Nous courions nous changer, le temps d'enfiler une jupe et pour moi des talons. Nous improvisions un numéro comme si, en face de nous, Billy Wilder avait tenu la caméra. *You are/ the promised kiss of springtime/ that makes the lonely winter seem long. You are/ the breathless hush of the evening that trembles on the brink of a lovely star. You are the Angel glow/ that light the stars/ The dearest things I know/ are what you are.* Déhanchements, expressions langoureuses, chorégraphie digne des meilleures comédies musicales. Nous dansions en rond, puis l'une derrière l'autre, quadrillant littéralement notre salon, levant les bras en haut d'un coup, puis les posant sur nos hanches. *Some day/ my happy arms will hold you, and some day/ I'll know that moment devine/ when all the things you are, are mine.* J'avais trouvé mon alter ego et réalisais enfin le rêve de ma vie : être un jour une « demoiselle de Rochefort ». Le disque repartait de lui-même et nous avec. Nous connaissions les paroles par cœur.

Tripthi tombait dans le canapé et je continuais, les yeux fermés, mon désormais one woman show. Gene Kelly pouvait bien frapper à la porte, j'étais prête.

Au bout de six ou sept ou vingt *All the things you are*, je remplaçais Ella par Sinatra. *Heaven/ I'm in heaven/ and my heart beats so that I can hardly speak/ and I seem to find the happiness I seek...*

12.

Le mardi 5 janvier 1998, après quinze jours de négociations entre mon avocat et celui de Steven, le contrat est arrivé chez nous, par la poste. Aucune avance ne me serait versée – Peter Crumbley n'y voyait pas d'inconvénient. Étrangère, sans expérience de scénariste, je n'étais pas en position d'exiger quoi que ce soit. Peter Crumbley avait néanmoins veillé à ce que je sois protégée. Le contrat spécifiait que Steven ne pourrait à aucun moment m'exclure du projet. L'option serait valable six mois, après quoi Steven aurait l'obligation, pour en rester propriétaire, de me verser une avance d'un minimum de dix mille dollars.

Une fois l'enveloppe kraft décachetée, le contrat lu, je me suis allongée sur la moquette du salon, les yeux fermés. *Fairy tales can come true/ it can happen to you/ if you're young at heart. You can go to extremes with impossible schemes/ you can laugh when your dreams fall apart in the scenes/ and life gets more exciting with each passing day.* Toutes ces mélodies, ces mots, ces voix accentuaient la sensation de plonger dans un autre monde. Les années cinquante, David O'Selznick, Darryl Zanuck, Harry Cohn et tous les autres. Les studios. Sunset Boulevard. William Faulkner. Personnages vêtus d'un polo en piqué de coton, panama, scénario sous le bras, havane aux lèvres, marchant aussi vite que possible d'un bureau à l'autre. Scott Fitzgerald. Une jeune femme coiffée d'un chapeau à voilette, d'un tailleur noir à la jupe trop étroite descendant au-dessous du genou et à la veste trop cintrée se terminant par un volant. Dorothy Parker. Eye-liner, mascara, cheveux crantés.

Il me fallait maintenant me documenter sur Eiffel, dont j'ignorais tout, ou presque. L'université disposait de deux immenses bibliothèques. J'espérais y trouver de quoi construire mon histoire.

Après avoir passé une cinquantaine d'heures à la grande bibliothèque, lu cinq ouvrages, une trentaine d'articles, après avoir scrupuleusement noté, comparé, compilé toutes sortes de documents ou de reproductions de documents, après en avoir fait autant sur les documents faxés, fédexés ou postés par mon frère, ma mère, mon père, ma sœur, mes amis, sur Gustave Eiffel, son enfance, sa jeunesse, sa vie, ses ponts, ses voyages et sa tour, après un collier de nuits blanches, un squelette d'histoire m'est apparu.

Et si Gustave Eiffel avait vraiment construit sa tour pour cette femme qu'il a aimée et dont on lui a refusé la main quand il était jeune, sous prétexte qu'il n'avait pas d'avenir ?

Notes – grandes lignes

Le jeune Gustave Eiffel aime une jeune fille.

Il doit l'épouser.

Il doit hériter de l'entreprise de son oncle. L'oncle change d'avis et déshérite Gustave.

Lorsque le père de la jeune fille apprend que Gustave n'héritera pas de son oncle (Gustave n'est quand même pas à la rue, il vient de se trouver un petit boulot dans une fonderie de métaux), il refuse de lui accorder la main de sa fille.

(Si possible : en attaquant Eiffel sur son avenir dans la métallurgie.)

Hop. Trente ans plus tard : Eiffel est à la tête des établissements Eiffel. Il est connu dans le monde entier.

Sa femme est morte. (Comment montrer qu'il s'est marié après sa déception sentimentale ? Comment montrer que sa femme qu'on ne verra jamais dans le film est morte ?)

On lui fait part du concours pour l'Exposition universelle.

La jeune fille qu'il aimait est maintenant mariée à un entrepreneur (là commence la fiction) qui va participer au concours : elle et Eiffel vont se croiser. Il ne sait pas encore qu'elle est la femme de son rival. (Donner un nom au rival : au pif? Berteaux.)

Berteaux a lui aussi un projet à présenter au concours de l'exposition.

Eiffel découvre que la jeune fille (qui n'est plus une jeune fille – lui trouver un prénom ? Églantine ? Odette ?) est mariée à son rival.

Rivalité professionnelle de Berteaux et Eiffel (de la part de Berteaux uniquement, Eiffel est au-dessus de tout ça, surtout, il est obsédé par l'idée que la femme qu'il a autrefois aimée, et qu'il aime encore, manifestement, se trouve dans la même ville que lui).

Berteaux veut dégommer Eiffel et fomente des plans contre son projet de tour.

Eiffel gagne le concours mais aussitôt après... les problèmes commencent. Quels problèmes ?

Il essaie de la voir, le mari les surprend.

La rivalité entre les deux hommes s'accroît considérablement.

Tout le monde est contre la tour.
Procès contre Eiffel.
Sales coups de Berteaux (engage un type pour faire tomber un ouvrier de la tour en construction / sabotage / et faire arrêter la construction).
Problèmes techniques inattendus.
Autres problèmes si possible (chercher dans la doc).

Ouvrir l'histoire par un prologue, puis passer aux trois actes.

Bien sûr, il me fallait arranger la réalité. De quelle liberté disposais-je réellement ? Comment pouvais-je ne pas trop trahir Gustave Eiffel, sa vie, ses descendants, l'Histoire ? Jusqu'où pouvais-je inventer, quelles étaient mes limites ?

Parce que la tour Eiffel ressemble à un A, j'ai décidé que la jeune fille s'appellerait Amélie. Un grand amour, ça ne s'oublie pas. Eiffel dessinant un grand A dans le ciel pour prouver son amour à une femme qu'il a aimée, qui lui a échappé... et qu'il espère bien retrouver. Ne pas tomber dans l'eau de rose. Créer une intrigue politique très forte.

Pour écrire un bon scénario, il faut s'identifier à son personnage principal, c'est-à-dire trouver un certain nombre de correspondances entre lui et soi. La perspective de construction de ce scénario représentait à mes yeux quelque chose d'aussi difficile que la construction de la tour. Gustave Eiffel et moi nous trouvions donc un peu dans le même sac. Six cents millions de rivets.

13.

Il y a plusieurs façons de préparer sa structure. J'avais opté pour le système des fiches. Je notais scrupuleusement le contenu de chaque scène sur une fiche bristol. Et choisissais la couleur de la fiche en fonction de la scène. *Fiche jaune* : intrigue politique. *Fiche rose* : intrigue amoureuse / Eiffel et Amélie. *Fiche bleue* : scènes de conflit / adversité / confrontation avec Berteaux, le rival. Les fiches bleues constituaient les plus gros ennuis d'Eiffel. Je disposais, en plus de ces fiches, de feutres de toutes les couleurs. Selon les personnages de chaque scène, je tirais un trait vert, rose, noir ou violet en haut de la fiche. Cela me permettrait de savoir immédiatement à qui appartenait la scène. Toutes les scènes n'appartiennent pas au personnage principal. Amélie avait des scènes bien à elle. Berteaux aussi. Dans un petit boîtier de plastique blanc, je plaçais, au fur et à mesure, mes fiches. Le code couleurs permettait de repérer d'un coup d'œil les déséquilibres structurels. Trop de fiches jaunes à la suite. Pas assez de roses. Des fiches intercalaires séparaient l'acte I du II, et le II du III. On nous avait appris, à l'école, qu'après une scène très forte, il faut une scène d'*aftermath.* L'*aftermath* permettait au spectateur de reprendre son souffle, et à l'histoire de se poser, un instant, avant de repartir de plus belle.

En cours, nous en apprenions toujours plus. J'étais plus concentrée que jamais, écoutant mes professeurs avec une attention nouvelle, essayant d'appliquer leurs conseils, remarques, à l'histoire de mon cher Gustave.

J'avais choisi pour ce trimestre du début 1998 quatre classes de structure. Dans l'une d'entre elles, j'avais fait la connaissance d'une Espagnole, souvent aperçue devant l'école, debout, les yeux dans le vague, une cigarette aux lèvres.

Sonia était madrilène. Après avoir suivi de prestigieuses études de cinéma, elle avait postulé pour une bourse Fullbright et l'avait obtenue. Ce qui aurait dû être la joie de sa vie – Sonia avait toujours rêvé de faire des études de cinéma à Los Angeles – s'était vite transformé en cauchemar. Six mois avant d'être sélectionnée, Sonia était tombée follement amoureuse de Manuel, et réciproquement. Elle lui avait proposé de venir avec elle, il avait refusé. De l'attendre, alors. Pas question. Il avait déjà vécu deux relations *longue distance* et ne souhaitait pas s'engager de nouveau dans une voie qu'il jugeait trop frustrante. Sonia voulait bien faire des allers-retours à Madrid ; tous les trois mois, il pourrait peut-être lui rendre visite. « Si tu pars, l'avait-il mise en garde, j'en épouserai une autre. »

Sonia, mortifiée par le dilemme, était quand même partie.

Depuis septembre, elle avait suivi ses cours, ne parvenant pas à profiter réellement de quoi que ce soit – l'ambiance de la fac, le dépaysement relatif, les rencontres. Ce séjour lui coûtait l'homme qu'elle aimait. Elle fumait quarante cigarettes par jour et semblait habitée par une tristesse sans fond.

De temps en temps elle riait aux éclats, et l'on sentait la femme qu'elle pouvait être.

Au sortir de ce premier cours ensemble, nous avions discuté fromages. Sonia ne supportait pas la nourriture américaine et se plaignait de ne pas parvenir à trouver quoi que ce soit de vraiment comestible, mis à part, bien sûr, les crèmes glacées que l'on connaît. Je lui avais donné quelques adresses et l'avais invitée à venir dîner chez nous, le jeudi suivant. Je lui préparerais un dîner français.

Le soir même j'avais raconté ma rencontre à Tripthi, qui avait aussitôt – ça ne m'avait pas échappé – froncé un sourcil.

– Tu as bien fait de l'inviter. En plus elle est européenne, comme toi.

Le jeudi suivant, Sonia était arrivée avec une bouteille de Rioja. Nous nous étions mises à table, toutes les trois. Sonia se montrait tout à fait douce envers Tripthi, s'intéressant à elle sincèrement – et pas juste pour être polie. Tripthi était mal à l'aise, je le sentais. Au moment du dessert, elle avait prétexté un coup de fil à passer pour s'éclipser dans sa chambre.

Pourquoi fallait-il que l'une chasse l'autre ?

Au fil des jours, tandis que Sonia me téléphonait, que nous nous voyions pour discuter, Tripthi s'était éloignée. Elle invitait désormais régulièrement une de ses amies, Maria – une Argentine préparant elle aussi un doctorat de pharmacologie – à partager notre repas.

Je n'étais pas jalouse de Maria. Sonia n'était pas jalouse de Tripthi. Tripthi n'était peut-être pas jalouse de Sonia. Disons qu'elle se sentait un peu en danger. Très vite nous nous étions mises à moins partager. Tripthi dînait avant moi. Elle passait sa soirée au téléphone, sans sortir de sa chambre. Je me retrouvais, toute seule devant la télé, à regarder des émissions aussi lamentables que *Jerry Springer* – la poubelle de la télévision américaine. On y voit des femmes annoncer à leurs maris qu'elles se prostituent occasionnellement, des hommes apprendre à leur petite amie qu'ils se tapent la mère de celle-ci, des *teenagers* avouer à leurs parents qu'ils participent régulièrement à des partouzes, ou encore une femme obèse se plaindre de ce que son mari lui demande de maigrir. Le présentateur pousse le bouchon aussi loin qu'il peut, histoire de tout faire péter sur le plateau, et une seconde plus tard tout le monde se fout sur la gueule, s'insulte, les vigiles interviennent et les mouvements de caméras nous font découvrir un public laid doté du Q.I. d'un pop-corn sucré. Les femmes ont des yeux de veau, les cheveux permanentés, les dents en avant et des robes genre *La Petite Maison dans la prairie*; les hommes sont obèses, laids, moustachus et font peur. Et surtout, la façon dont ils prennent part au débat est affligeante. Néanmoins, quand on n'a rien d'autre à faire, regarder *Jerry Springer*, c'est hypnotisant. À chaque émission, le présentateur va plus loin dans le sadisme et l'abject. Comme l'émission connaît un très fort taux d'audience, tout le monde essaie d'imiter Jerry Springer. Mais personne ne lui arrive à la cheville.

Je me demande ce que diraient tous ceux qui décrient la télé française en voyant ces émissions débiles. Comme toujours, les Français critiquent. S'ils regardaient ne serait-ce qu'un quart d'heure de *Jerry Springer* peut-être seraient-ils plus indulgents avec notre petite lucarne tricolore. Après, toute leur vie ils diraient : « Comme on a de la chance en France, comme on a de la chance. »

Sonia était grande – un mètre soixante-dix-huit ? – Tripthi était plus petite – un mètre soixante-deux ?

Sonia avait 32 ans, Tripthi 24. Sonia avait voyagé dans le monde entier. Tripthi ne connaissait que son pays natal et l'Amérique. Sonia avait énormément lu et ne croyait en rien, Tripthi avait énormément prié et ne s'était jamais intéressée à la littérature. L'Espagnole portait des petits hauts tellement ouverts que l'on pouvait y entrevoir ses seins. L'Indienne n'aurait jamais osé découvrir ses avant-bras.

J'aurais pu faire attention. J'aurais pu rassurer Tripthi. Lui dire : « Tu sais, Sonia, c'est une Espagnole, elle connaît Paris, nous partageons un regard plus européen sur les choses, mais cela n'enlève rien à l'amitié qui nous lie, toi et moi. » J'aurais pu voir moins Sonia, l'inviter moins souvent à la maison. Je n'ai pas fait attention et j'ai perdu Tripthi.

L'ambiance est devenue, assez vite, insupportable. Nous ne nous adressions presque plus la parole, sinon pour nous passer un appel. Elle se séchait les cheveux toute seule.

J'ai continué de voir Sonia – de plus en plus. Sonia m'aidait à structurer Eiffel. Chez elle, sur la moquette, j'étalais mes fiches multicolores. Elle restait silencieuse quelques instants, puis, comme frappée par un éclair de génie, elle m'annonçait que ma scène 36 aurait beaucoup plus d'impact si elle intervenait avant la 34. Elle m'expliquait, pendant des heures, le pourquoi du comment, se référant à tel ou tel autre film. Sonia était dotée d'une intelligence et d'une culture remarquables et d'une générosité n'ayant d'égal... que celle de Tripthi.

J'ai écrit une première version du *treatment* – séquencier ultradétaillé, sorte de scénario sans les dialogues. Je l'ai montré à Steven. À chaque rendez-vous, il me félicitait d'une trouvaille, mais me suggérait de supprimer une scène, ou de la déplacer. Ou alors il disait simplement : « Là, ça ne va pas du tout. »

Je rentrais chez moi, retournais mes fiches dans tous les sens jusqu'à l'aube.

Une autre fois, il trouvait qu'une histoire ayant pour cadre la fin du XIXe siècle ne pourrait jamais marcher aux États-Unis. Il me demandait donc de trouver un « pont » entre 1886-1889 et aujourd'hui. Je lui avais proposé d'introduire une seconde histoire dans l'histoire – pendant la Seconde Guerre mondiale. On y verrait un soldat américain de mèche avec la Résistance française. L'idée du héros américain lui plaisait beaucoup, mais les années quarante, c'était bien trop loin des préoccupations des Américains, ils n'y comprendraient rien. Nous étions donc revenus à Gustave et seulement Gustave, fin du XIXe.

Un jour, Tripthi m'annonça que le bail de notre appartement arriverait à son terme dans un mois et demi. Elle s'était déjà trouvé un studio, dans une rue adjacente – 30th Street. Je regardais Tripthi, et je ne comprenais pas. Notre complicité n'était plus qu'un souvenir. J'aurais voulu revoir en vidéo la progression de notre amitié. Comme dans un bon script, début, milieu et fin ? La belle histoire se réduisait maintenant à un panaché de sourires forcés et de petites phrases glaciales. Une amitié, c'est un amour.

14.

Tripthi avait fait ses bagages. Nous avions eu une petite conversation aux allures de cimetière. Comme deux personnes qui n'ont plus rien à se dire mais continuent d'articuler des sons, pour masquer le « plus rien » entre eux.

Nous avions fait un tour de l'appartement.

– Tu devrais prendre la table.

– Non. Et puis c'est toi la Française, c'est toi qui aimes recevoir. De toute façon, dans mon studio, je n'ai pas assez de place.

– Prends les chaises au moins.

– J'ai celle de mon bureau, ça me suffit amplement.

– Tu veux le mixer ?

– Non, tu sais, je ne l'utiliserais pas.

Elle s'est contentée de deux chaises pliantes, d'une petite commode et de Kulfi, alter ego de feu mon Coconut. Kulfi et Coconut étaient deux chauffages individuels. Nous les avions achetés tandis qu'une vague de froid terrifiante (15 degrés ?) nous avait surprises. Le mien, Coconut, était mort au bout de trois semaines. Kulfi, que Tripthi utilisait moins souvent, lui préférant épaisseurs de chaussettes et de pulls, avait survécu, et il se portait encore très bien. Kulfi, c'est le nom d'un dessert indien, une sorte de glace à la rose et à la pistache, qui ressemble à la glace libanaise. Nous avions complètement régressé et nous les placions à côté l'un de l'autre.

– *Hello, my name is Kulfi, what is your name?*

– *My name is Coconut.*

À défaut d'avoir des poupées, on jouait aux chauffages individuels. Le soir, quand on rentrait, on se demandait toujours des nouvelles de Kulfi et de Coconut. Quand Coconut avait montré les premiers signes de faiblesse, j'en avais tout de suite averti Tripthi. On avait mis Coconut dans le placard, fin de Coconut.

Tripthi m'avait tristement souhaité bonne chance pour l'avenir, je lui avais tristement répondu que je la tiendrais au courant des événements, sans vraiment croire à ce que je disais. Je lui avais proposé de la conduire en automobile jusqu'à sa nouvelle demeure, sans succès. Elle avait déjà tout prévu, quelques amis viendraient dans l'après-midi pour l'aider à porter ses affaires.

Elle ne comptait déjà plus sur moi.

D'un point de vue scénaristique, ce point mort pouvait être envisagé de deux façons différentes. Soit nos deux personnages se trouvaient à la fin de l'acte II, quand tout va mal et que la situation ne laisse apparaître aucun espoir (l'acte III est là pour inverser la tendance et sauver l'entente des deux héroïnes), soit c'était la fin, c'est-à-dire la fin de l'acte III, le dénouement, la conclusion. Dans ce cas, cela signifiait que nous avions affaire à une *dramedy* (*mix* de drame et de comédie).

Certains scénaristes prenant d'insolentes libertés, on ne sait quelquefois pas très bien si l'on se trouve dans l'acte I, le II ou le III. En ce qui concernait ma vie, j'en étais certainement à l'acte II, mais dans quelle séquence ? L'acte II comportait quatre séquences.

À la fin de la deuxième séquence, le personnage principal *croit avoir trouvé la solution à son problème* – et il se trompe, ce que démontreront cruellement les deux séquences suivantes. C'est la lutte acharnée livrée contre l'adversaire, l'adversité, les éléments ou je ne sais quoi qui aboutira dans l'acte III au salut (au salut si le scénariste est américain, à la mort si le scénariste est français). On peut d'ailleurs s'amuser à découper infiniment chaque période de notre existence en actes et séquences. Ce qu'il faut savoir – tous les grands scénaristes le clament – c'est que *ce qu'un personnage veut n'est jamais ce dont il a besoin.* Ses aventures vont lui servir à cela : découvrir, comprendre ce dont il a vraiment besoin.

Après le départ de Tripthi, je me suis retrouvée seule dans l'appartement. Devant une telle solitude, plus rien n'avait de sens. Ce qui me plaisait tant, dans mes aventures hollywoodiennes, c'était de les partager, le soir venu, avec Tripthi. La déception des deux producteurs français, la chance d'avoir rencontré Steven, le contrat, et la suite. Ses fous rires, sa joie de vivre et tout simplement sa présence me manquaient déjà. J'avais réussi à développer considérablement sa confiance en elle-même, et j'étais fière de cela, au moins. (Plus facile chez les autres que chez soi.) Elle avait fini par comprendre qu'elle n'était pas moins bien que les autres, et même, plutôt beaucoup mieux. Tripthi savait désormais répondre à ceux qui avaient la mauvaise idée de l'attaquer. Elle était forte, sûre d'elle – en était-elle pour autant devenue moins attachante à mes yeux ? Les failles existaient toujours, elle avait simplement appris à les surmonter.

Après avoir négocié avec le manager de l'immeuble quinze jours de plus, j'ai décidé de rentrer à Paris.

Je faisais maintenant partie du flot de touristes qui s'émerveillent d'un rien et observent tout d'un œil neuf. Levant les yeux sans cesse, admirant l'architecture, le ciel, les monuments, les pâtisseries, les boutiques. Appréciant la taille de la ville, son métro, ses bus, et même ses embouteillages.

Quelquefois j'entrais dans une boutique en disant *hello*. Je pensais en anglais, parlais en français ou l'inverse, mon identité n'était plus très claire. Ça n'avait pas d'importance.

Un matin, j'ai marché jusqu'à la tour Eiffel. Je lui ai tourné autour un moment, puis je me suis placée exactement entre ses quatre pieds. Je voyais tout. Les femmes en crinolines, ombrelles, escarpins à talon bobine. Les hommes en complet trois-pièces, huit-reflets, veste queue-de-pie, monocle, guêtres et souliers vernis.

Gustave et Amélie. Lockroy. Koechlin. Nouguier. Les ouvriers. Le chantier. Les chapeaux des banquiers.

J'ai pris un ticket, et je suis montée, en ascenseur. Jusqu'en haut. J'ai caressé le métal.

Je gardais la main serrée sur le métal comme on touche du bois, comme on touche la peau de celui qu'on aime. Avec avidité, bienveillance et gourmandise. Sans pouvoir l'en décoller. C'était ma complice. Ma meilleure amie. Majesteuse. Belle. À moi.

Au Trocadéro, j'ai acheté une trentaine de petites tours Eiffel en métal.

J'ai acheté des tas de cartes postales aussi, mais au moment de les écrire, j'ai réalisé que je ne connaissais pas tant de monde que ça à Los Angeles. Je me suis contentée d'une tour Eiffel stylisée pour Steven et d'une autre pour Sonia.

Au moment de monter dans l'avion, j'ai ressenti un petit pincement au cœur. Ça n'a pas duré très longtemps, je me suis raisonnée. Il vaut mieux être heureux à Los Angeles que malheureux chez soi.

Interlude

Hollywood, le 13 janvier 1998

Cher Gustave Eiffel,

Nous ne nous connaissons pas. Je projette d'écrire un scénario prenant pour base votre vie. Ou plus exactement, quatre ans de votre existence – de 1886 à 1889.

Je me vois dans l'obligation de procéder à quelques changements et accélérations pour resserrer la tension dramatique. Non pas que votre vie ait manqué de tension dramatique mais... je travaille à Hollywood (Amérique) et dois tenir compte des règles de construction en vigueur dans cette ville.

Le scénario sera composé de deux intrigues : une intrigue politique proche de la réalité de l'époque (je devrai malheureusement simplifier quelques situations ou événements réels trop complexes, nécessitant trop d'explications préliminaires), et une intrigue amoureuse ayant pour personnage féminin une femme que je prends la liberté d'appeler Amélie.

Je vous demanderai donc, si le projet ne vous convient pas, s'il vous agace, si vous ne le jugez pas digne de vous, si vous croyez qu'il vous éclabousse plus qu'il ne vous sert, de m'envoyer un signe. J'estime à 15-20 % la proportion de fiction que je vais introduire dans l'histoire. Si ce pourcentage vous paraît trop (ou pas assez) élevé, n'hésitez pas à m'en faire part. Je sais qu'il vous sera difficile de me répondre – vous êtes « mort ». Mais je sais aussi que comme tous les gens qui ont quitté ce monde, vous pouvez voir, de là-haut, ce qui se passe, ici-bas. Peut-être pourriez-vous m'envoyer un ange ? Un pigeon voyageur ?

Je vais essayer de faire de vous un personnage extraordinaire, inoubliable, plus magique encore que sa tour. Je ferai de mon mieux, c'est promis, juré, craché. Pardon d'avance pour les changements.

Caroline.

Ciel, le 20 janvier 1998

Mademoiselle,

Et si je me retourne dans ma tombe, cela me fera faire un peu d'exercice. Cette Amélie, je ne l'ai pas connue, mais si elle est belle, ma foi, je ne suis pas contre une grande histoire d'amour avec elle. Peut-être pourriez-vous me la décrire ?

Vous m'écrivez d'Hollywood. Suis-je censé connaître ce village ? Où donc se trouve-t-il ? À l'est ou à l'ouest ? Au nord ou au sud ? L'Amérique est une vaste terre. Moi qui pensais bien connaître ma géographie, je me suis trouvé, à la lecture de votre lettre, bien ignorant. Merci de bien vouloir m'envoyer une cartographie de ces lieux.

Bien à vous,

Gustave.

Pitch

15.

– Qui est là ?

– Comment ça, qui est là ? Je me repose tranquillement sur mon nuage. Vous invoquez mon nom. Vous venez me chercher. Vous m'écrivez une lettre.

– Gustave ?

– Eh oui. C'est moi.

– Mais comment êtes-vous arrivé ici ?

– La magie de la science. Pour tout vous dire, ça n'a pas été facile de vous trouver. Los Angeles, c'est immense. Et ce n'est pas le réseau autoroutier qui m'y aurait aidé. J'ai compté – plus de deux mille kilomètres d'autoroute. Et dix millions de voitures. Vous parlez d'une ville angélique ! Une pétaudière, oui ! Et puis alors cette pollution, j'ai bien cru que j'allais mourir une deuxième fois.

– C'est le *smog*, Gustave. *Smog*, c'est la contraction de *smoke*, fumée, et de *fog*, brouillard. C'est une spécialité locale. Montélimar et ses nougats, Los Angeles et son *smog*.

– Alors, comment va votre grand projet ?

– Plutôt bien. Je suis allée chez Columbia, aujourd'hui encore.

– Coloumbia ? Quel joli prénom.

– Ce n'est pas une femme, Gustave. C'est un studio, enfin, une énorme maison de production.

– Production de quoi ?

– De films.

– Le cinématographe. Bien sûr, j'oubliais. Et ça ressemble à quoi ?

– Ça ressemble à une petite ville. Il y a des allées, des maisons, des immeubles, des petits jardins, de grandes bâtisses dans lesquelles on aménage des décors de cinéma. Mais cette petite ville n'est constituée en réalité que d'une multitude de bureaux. Après 18 heures, la vie s'arrête. Les gens rentrent chez eux. À Bel Air, Beverly Hills et West Hollywood pour les plus fortunés d'entre eux, ailleurs, plus loin pour les autres.

– Et parmi ces millions de gens, il n'y a pas un pour s'occuper d'urbanisme ? Je ne peux pas le croire. Il n'y a pas de centre, pas d'artère principale, pas de monument. Comment font-ils ?

– Question d'habitude.

– Habitude, habitude... Alors, Coloumbia ?

– On a discuté du traitement.

– Vos émoluments ?

– Non. Le traitement, c'est un récit détaillé de l'histoire. Chaque scène est décrite in extenso mais sans mention des dialogues. J'ai deux interlocuteurs là-bas, Vicky et Steven. Vicky est toujours survoltée, et Steven, très élégant. Je commence à m'y sentir plus à l'aise qu'auparavant et même à faire comme chez moi.

– Comme chez vous ?

– J'ouvre le petit frigo, pardon, le réfrigérateur, c'est une machine qui fabrique du froid et garde les aliments et les boissons au frais. Ne me demandez pas comment ça marche.

– Le principe thermodynamique de la détente des gaz, je connais.

– Je me sers, un jus d'orange, ou un Schweppes.

– La limonade anglaise à la quinine, antipaludique. Et puis ?

– En réunion, cet après-midi, j'ai même enlevé mes chaussures.

– Vos chaussures ! Dieu, que le monde des affaires a changé. Vous n'y êtes pas allée dans cette tenue j'espère.

– Si, pourquoi ?

– Mais c'est trop court. On voit... on voit tout. Vos chevilles, vos mollets, vos genoux. Comment un homme pourrait-il bien travailler devant les genoux d'une femme ?

– Tout le monde fait ça maintenant. Les femmes ont commencé à découvrir leurs genoux dans les années cinquante ; dans les années soixante elles ont même découvert la moitié inférieure de leurs cuisses.

– Ce n'était donc pas un rêve...

– Non, ce n'était pas un rêve. Maintenant, ça dépend surtout des modes. Ici, comme il fait chaud et beau tout le temps, les jupes et robes s'arrêtent plutôt à la hauteur du genou. Et les hommes n'en sont pas troublés pour autant.

– Je n'en crois pas un mot. Et d'ailleurs votre interlocuteur, rappelez-moi son nom...

– Steven.

– Oui, Steven, je suis sûr qu'il ne dit rien mais qu'il n'en pense pas moins.

– Gustave, vous vous méprenez. D'abord il est marié, ensuite, les genoux, ça ne fait plus rêver personne depuis au moins trente ans, puisque je vous dis qu'il y a des genoux partout.

– Partout ?

– Partout.

– Mais alors, dites-moi, qu'est-ce qui a pris la place du genou ?

16.

Pour qu'un film plaise aux Américains, il faut que ça leur raconte une histoire d'Américains. C'est la base du cinéma hollywoodien d'aujourd'hui, la règle numéro un (d'une longue série de règles auxquelles il est préférable de ne pas déroger si l'on veut faire carrière). Avant c'était différent. Avant on pouvait faire un tabac avec l'histoire d'un docteur en Russie partagé entre deux femmes (*Le Docteur Jivago*) ou connaître la gloire en racontant la vie d'une petite boutique de maroquinerie en Europe centrale (*The shop around the corner*). Tout a changé. Hollywood et les Américains. Qu'est-ce qui a fait changer quoi ? Qui, de la poule ou de l'œuf, etc.

J'ai peur. J'ai peur parce que tout se passe à Paris, et qu'il n'y a pas un Américain dans mon histoire. Comble de malheur, je ne suis même pas américaine.

Steven a remarqué que je perdais assez vite mes moyens. Il m'a proposé, si l'idée du pitch m'effraie trop, d'écrire le script in extenso, et de l'envoyer. J'ai donc le choix :

1) Aller « pitcher » l'histoire aux *executives* des studios.

« Il s'agit de dégager les grandes lignes de l'histoire racontées en trois temps, histoire de marquer la séparation entre les actes, d'évoquer trois scènes visuellement très marquantes, de raconter le tout avec rythme et passion – une passion communicative –, d'être capable de répondre à n'importe quelle question, tordue ou non, et surtout de se débarrasser de votre timidité, que je trouve, par ailleurs, délicieuse. Il faut que vous soyez aussi sûre de vous qu'un présentateur télé improvisant un direct. »

2) Écrire le script *on spec* – littéralement, de façon spéculative, c'est-à-dire non payée – et, dès qu'il aura atteint un niveau jugé optimal, le présenter à ces mêmes *executives*, cette fois sans entretien. Si ça leur plaît ils achètent, si ça ne leur plaît pas ils n'achètent pas, pas besoin de faire un grand numéro de cirque pour les séduire. (En anglais, *the dog and pony show.*)

Le processus est très long. Et même quand un studio achète un scénario, un traitement, un pitch, son auteur peut à tout moment se faire virer du projet – en échange d'un petit pactole. Un nouveau scénariste le remplacera, et s'il modifie 70 % de l'histoire, c'est lui qui verra son nom inscrit au générique. Personne ne saura jamais que l'idée du film provient du premier. Qui pourrait le savoir ? Son nom ne figurera nulle part. Il se peut très bien qu'un deuxième (ou troisième, ou dixième) scénariste modifie 70 % de l'histoire juste pour avoir son nom au générique. Le résultat de cette course à la gloire est que le film perd son unité, son âme, et souvent son sens. Le premier scénariste, pillé, trahi, a empoché son petit paquet et n'a par conséquent pas voix au chapitre.

Le plus scandaleux, c'est que la plupart du temps, celui qui reçoit l'Oscar du meilleur scénario n'est pas celui qui a eu l'idée du film et l'a développée, mais celui qui a effectué le dernier travail de réécriture. Où sont les vrais auteurs ? Planqués quelque part à Marina Del Rey, un peu amers mais quand même heureux d'avoir pu se payer une petite baraque au bord de la mer.

La fin de mon traitement pose problème. Steven voudrait une fin *bitter-sweet*, douce-amère, « à l'européenne ». C'est à cause du succès de *Titanic* : comme les deux héros ne finissent pas ensemble, et que le film a rapporté des centaines de millions de dollars, Steven veut faire pareil. Il trouve des tas de correspondances entre mon histoire et *Titanic*, mais pas moi. La tour Eiffel est encore sur pied à ce que je sache, j'espère que ça ne va pas être un handicap – faudra-t-il qu'une bombe détruise ma tour Eiffel pour créer un ressort dramatique nouveau et alléchant, au mépris de la vérité historique ? (Bon, d'accord, je suis mal placée pour parler de vérité historique.) Vicky penche, comme moi, pour le *happy ending* (en français : happy end). Il doit y avoir un moyen de trouver une fin heureuse sans qu'elle soit pour autant niaise et prévisible. À l'école, on m'a enseigné qu'on n'a jamais vraiment besoin d'une fin heureuse. Ce qu'il faut servir au public, en revanche, c'est une fin satisfaisante – *satisfying ending*.

Je voudrais que Gustave et Amélie finissent ensemble, se retrouvent à la fin. Avec toute l'adversité que ces deux-là doivent surmonter pour se voir, communiquer, s'exprimer mutuellement leur amour, ils mériteraient bien de tomber dans les bras l'un de l'autre à la fin. En tout cas, si j'étais spectateur, c'est ce dont j'aurais le plus envie.

À chaque réunion (j'en suis à la dixième), ils me font de nouveaux commentaires, de nouvelles propositions. Ça pourrait durer encore quinze ans comme ça. On vieillirait ensemble. Les cheveux de Vicky vireraient au gris, nous prendrions tous du poids, pendant les *breaks* elle parlerait de ses varices et Steven de ses lombaires et nous continuerions, malgré les années, malgré la vie, malgré le col du fémur pété en sortant de la baignoire et la canne sans laquelle on n'arrive plus à mettre un pied devant l'autre, à travailler chaque scène, à vouloir peaufiner à l'infini, jusqu'à ce que l'on parvienne enfin à l'absolue perfection. Déambulateur et respirateur artificiel.

Parce que l'idée, c'est de pitcher l'histoire aux *executives* des studios, et aussitôt après, de leur mettre le traitement entre les mains. S'ils ont aimé le pitch, ils lisent le traitement. Si le pitcheur a raté son pitch, qu'il a servi un pitch plat, tiède, décousu, les *executives* mettent directement le traitement à la poubelle.

Toute la difficulté du pitcheur réside en ce qu'il doit être à la fois un bon scénariste (c'est-à-dire un individu capable de s'isoler totalement pendant des mois ou des années pour écrire son texte) et un excellent *performer* (capable de monter sur l'estrade avec un nez rouge et de faire rigoler ou pleurer tout le monde, de chanter des chansons, de faire des acrobaties et de déclamer des poèmes). En général, quand on écrit, c'est parce qu'on ne sait pas faire le clown avec le gros nez rouge. L'écriture, c'est la vengeance du gars – ou de la fille – qui n'ose pas sortir de chez lui et ose à peine répondre quand on lui dit bonjour, de peur de déranger.

L'idéal, ce serait de pouvoir engager une comédienne qui ferait le boulot à ma place. Ce ne serait pas son projet (fruit de longues nuits de travail, d'angoisse, etc.), elle n'aurait donc ni les mains moites, ni les pieds poites, ni la peur au ventre ou l'estomac noué. Elle ferait ce qu'on lui a appris à faire : déclamer un texte avec conviction, sans fléchir. Je pourrais prendre une fille qui me ressemble un peu, pourquoi pas une Française, comédienne donc. Je serais le metteur en scène et le bout d'essai s'intitulerait : *Pitch*. Il faudrait que je la paie au tarif syndical.

Seulement ça risquerait de me coûter cher – nombreux pitchs en perspective, d'après Steven – et en plus, si on lui pose une question tordue à laquelle elle ne sait pas quoi répondre, les *executives* découvriront le pot aux roses.

J'apprends enfin à dire non, à défendre mes idées – et Gustave. Sauf que ce n'est même pas la vie – la vraie vie – de Gustave que je défends, mais la vision très imaginaire que je m'en fais. J'ai projeté sur lui mes impératifs structurels scénaristiques, mes fantasmes de midinette et voilà le résultat.

Si Gustave récupère Amélie à la fin de l'histoire, c'est qu'elle aura quitté son mari. Pour que les Américains acceptent qu'elle quitte son mari, il faut vraiment que son mari soit un salaud (ça tombe bien, puisque c'est plutôt un sale type). Seulement si c'est trop un salaud c'est une caricature, on ne fait pas un bon film avec des caricatures.

Si Amélie abandonne son foyer, et donc ses enfants, pour Eiffel, le public ne sera pas satisfait. Si elle subit les mauvais traitements de son mari sans se rebeller, le public ne sera pas satisfait non plus. Il faut créer un dénouement hybride qui laisse tout le monde content, et Eiffel héroïque. *But of course*.

Steven m'a expliqué qu'à Hollywood, ce qui compte le plus, c'est de préserver les valeurs familiales. Pas d'adultère possible dans les films, sous peine de ne jamais trouver un financement – sauf, évidemment, si le type qui trompe sa femme est : 1) excusé (elle est moche, odieuse, le cocufie ou veut l'assassiner) ; 2) a. diabolisé, b. puni et c. sauvé, s'il retrouve les bonnes valeurs – rédemption, *happy ending*. Et puis ça permet de donner au personnage un arc vraiment bien dessiné.

Pas de problèmes de ce côté-là puisque je tenais à ce que la relation entre Eiffel et Amélie reste chaste. Steven, qui dit une chose et immédiatement après son contraire – dans son cas, c'est une preuve d'intelligence –, a eu aujourd'hui l'idée d'une scène d'amour torride entre les deux, sur une tour Eiffel à moitié construite. Vicky a trouvé l'idée merveilleuse, tellement romantique, seulement si on la suit, cette idée, on ne sera plus dans le *politically correct* et là, on prend un sérieux risque. Et puis quelque chose me chiffonne à voir Gustave son pantalon sur les chevilles. Je ne veux pas lui faire ça. Ni à lui ni à ses héritiers.

Encore un meeting. Cette fois, il n'a duré que deux heures. J'ai lu à Steven et Vicky le résumé de mes nouvelles scènes (pour une Amélie nouvelle, impressionnante de force et de courage). J'ai beau parler anglais couramment, de temps à autre je me prends les pieds dans le tapis. Steven me reprend. À chacune de mes erreurs il sourit et dit : « *These French people are so charming* » – « Ces Français ont tellement de charme. » Je bénéficie d'un prestige (immense – celui de la France) auquel je n'ai même pas participé. Je suis une usurpatrice.

Steven m'a encore briefée. On a un problème avec l'arc de Gustave.

– Le pitch doit montrer de façon suffisamment claire l'arc du personnage principal. C'est-à-dire son changement de nature et d'état, changement provoqué par l'adversité. Le personnage principal surmonte le conflit provoqué par le fossé entre désir et réalité en changeant.

Le problème, c'est que dans votre histoire, Eiffel n'a pas d'arc. Brave type au début, brave type au milieu, brave type à la fin. S'il n'a pas d'arc, c'est qu'il n'a pas assez de relief. On va nous attaquer là-dessus. Sans arc, c'est même pas la peine de pitcher. On perd tous notre temps. Vous comprenez ce que je vous dis ?

– Oui oui.

– Il faut être positif et montrer que quelqu'un peut changer, au cours des événements. C'est une des cases sur la grille des *executives* des studios. Il faut qu'ils puissent la cocher. Pas d'arc, pas de financement, pas de film. Ils veulent un arc, il faut leur donner un arc. Vous devez trouver un arc à Eiffel, même si c'est du bidon, même si ça n'apparaît pas vraiment dans le traitement. Il n'y a pas de temps à perdre, j'ai déjà commencé à prendre des rendez-vous de pitch.

L'ennui, c'est que comme l'a dit Steven, Gustave est un type bien dès le début. Je ne peux pas lui attribuer l'arc classique du cinéma hollywoodien d'aujourd'hui. *Dry dog* qui devient *wet dog*.

Tentative numéro un : Si, au début, Eiffel est un homme plutôt maussade, dépressif, à la fin on le peut le montrer rigolard, actif et bon vivant. Sous-entendu : il a appris au fil de l'histoire à profiter de la vie. Seulement Gustave va très bien, merci, il est très équilibré et pas dépressif du tout, ni même apathique. Ça ne marche pas.

Bon. Prendre un trait de la personnalité, puis son contraire absolu :

– prétentieux devient humble ;
– crème fraîche devient fromage blanc à 0 % ;
– Saab cabriolet devient citrouille.

On va faire simple : Eiffel a perdu sa passion d'ingénieur (avec tout ce qu'il a construit, faut dire, il est un peu blasé). Au cours de l'histoire, il retrouve l'enthousiasme (qu'il déploie pour la construction de la tour).

Une fois le pitch terminé, l'auditeur – *executive* ou directeur du développement du studio – pose un tas de questions :

– Pourra-t-il développer un merchandising (tee-shirts, casquettes, jouets, jeux vidéo...) ?

– Conclure un accord avec McDo ou Burger King (pour deux MacBacon achetés, une tour Eiffel offerte) ?

– En faire une nouvelle attraction dans un *theme park*, comme Disneyland ou Universal Studio ? (L'*Eiffelsplash* : on se jette du haut d'une réplique de la tour Eiffel et on tombe dans une piscine géante, toute la famille est éclaboussée mais qu'est-ce que c'était rigolo, sauf pour René qui a tout vomi.)

– Et si le film fait un carton, en produire la suite (*Gustave Eiffel 2, le retour*) ?

– En tirer une série télé (*Gustave, jour après jour*) ?

– Un dessin animé (*Gustave et le chaudron magique*) ?

– Une boisson gazeuse (*Lemongus*) ?

– Des céréales (*Tourex*, enrichi en fer) ?

Si je pitche le traitement, deux possibilités :

1) Ils aiment :

– et m'achètent mon traitement pour le faire développer, c'est-à-dire faire écrire le scénario in extenso par quelqu'un d'autre, un scénariste professionnel ;

– et m'engagent pour rédiger la première version du scénario. Il arrive qu'un scénario soit « rewrité » plus de vingt fois par tout un tas de scénaristes. Cela donne un curieux mélange, quelque part entre le téléphone arabe et le cadavre exquis. Il reste 3 % du scénario d'origine, ce n'est plus « une histoire d'amour entre un jeune peintre fauché et une riche aristocrate », mais « une mutante traquée par un agent de la C.I.A. qui s'avère être un tueur en série, le tout sur fond de troisième guerre mondiale ».

2) Ils n'aiment pas et on va proposer le traitement ailleurs. Et nous sommes ramenés au problème précédent.

Sur trente mille scénarios de longs métrages soumis chaque année, seulement cent quatre-vingts sont produits. C'est bien de le savoir. Loto français : 100 % des gagnants ont tenté leur chance. (100 % des perdants aussi, non ?) Loto américain : *All you need is a dollar and a dream.*

17.

J'ai déménagé. Trois cents mètres plus loin. 31st Street. Entre Vermont et Hoover.

J'adore mon nouvel appartement. D'abord, il ne coûte rien – trois cents dollars par mois –, ensuite, il est immense – cent mètres carrés pour moi toute seule. J'ai proposé à Sonia de le partager mais elle a refusé – elle préfère habiter dans un quartier « où on ne se tire pas dessus en permanence ». Un quartier qui lui permette de sortir de chez elle « le soir en jupe courte sans craindre le viol ». Il y a pourtant une technique. On sort en pantalon, tennis, et dans un sac, on a sa petite robe légère et ses escarpins. On se change dans sa voiture, ou dans les toilettes d'un restaurant. Question d'organisation. Oui, bon, d'accord, se changer dans sa voiture requiert une certaine souplesse. Mais quand on a la chance et le privilège de pouvoir reculer les sièges, ça devient tout de suite un jeu d'enfant. Idéalement, il faudrait aussi se changer au retour. Ça je ne le fais pas. Dans une ville qui menace à chaque instant d'être détruite par un tremblement de terre, où l'on peut se faire écraser par un gros camion, *car-jacker* ou empoisonner par la viande aux hormones, les autres risques passent vraiment au second plan.

Mon appartement est merveilleux. J'ai deux salles de bains, une chambre, un bureau, un salon, une salle à manger, une cuisine américaine et surtout, surtout, j'ai une vue.

De ma fenêtre je peux apercevoir, au loin, sur la droite, l'*HOLLYWOOD sign*, comme on l'appelle ici – les grosses lettres blanches légendaires, posées au milieu d'une végétation en abandon. Ça me plaît beaucoup.

De manière générale, je suis très contente de vivre ici. Quelquefois, avant de me coucher, je me répète : « Je vis à Los Angeles. » J'aime beaucoup l'idée de vivre ailleurs que l'endroit où, a priori, je devrais vivre. Je me prends pour une grande aventurière. Tout ça parce que je me suis fait la belle. Western et pampa. Sauf qu'évidemment, je ne suis pas armée, et que mon visa arrivant à son terme dans trois mois, j'ai intérêt à me remuer si je ne veux pas me retrouver menottée chez le shérif.

N'empêche que mon nouveau voisin, lui, c'est un vrai cow-boy. Il se balade en santiags, jean et chemise en jean. Il a un accent texan à couper au couteau. Il a mon âge, et je ne sais vraiment pas ce qu'il est venu faire à Los Angeles. Remarque, quand on vient à Los Angeles, c'est pour être acteur, producteur, scénariste, décorateur plateau ou maquilleur de cinéma. Peut-être qu'il est cascadeur. Il double Sharon Stone dans les courses-poursuites à cheval. On lui met des faux seins et une gaine amincissante, une perruque blonde et hop, le tour est joué. La belle fille qui s'éloigne gracieusement sur son cheval, c'est un gars.

Mes autres voisins, je ne les connais pas. Il faut dire que je ne sors de chez moi que pour aller faire des courses ou discuter avec Steven et Vicky. Je n'ai pas une vie sociale extravagante. À part les virées chez Chalet Gourmet, sur Sunset, où le Tout-Hollywood se bouscule pour acheter des produits *made in France* ou *in Italy*. Parme, vinaigre à la truffe blanche, sablés nantais, olives niçoises, muscat et autres vins de nos terroirs, saint-marcellin à dix-sept dollars et yaourts *sans hormones*. Le grand luxe.

Malheureusement, Chalet Gourmet, c'est cher. Et c'est loin. Je fais donc généralement mes courses chez Ralph (chaîne de supermarchés locale). Il y en a partout. Ce qui frappe, quand on promène son regard dans les rayonnages, c'est la mention quasi systématique du qualificatif *enriched*, « enrichi », sur les emballages. Pourquoi enrichir des produits déjà naturellement riches ? Même les Barilla portent la mention *enriched* – les Italiens modifient la recette pour le marché américain.

Le lait est plein d'hormones de croissance, la viande aussi. Les fermiers américains bourrent leurs vaches d'hormones pour les faire grossir, les rendre plus performantes, plus productives, et c'est comme ça qu'on se retrouve avec un pourcentage énorme de géants et d'obèses aux États-Unis. Se nourrir majoritairement de produits importés, c'est hors de question. Faire trente ou quarante kilomètres pour acheter de quoi se composer un repas décent, selon les standards français, c'est décourageant. (Ou alors, il faudrait déménager pour s'installer en face de Chalet Gourmet. Et gagner vingt millions de dollars par an.)

Je regarde amoureusement les yaourts Dannon ou Yoplait mais il est écrit *Made in U.S.A.* en bas du pot, alors je m'abstiens. J'essaie de me faire des plats comme à Paris, des ratatouilles, des salades niçoises. Mais même le thon à l'huile américain n'est pas aussi bon que le thon à l'huile français. Est-ce que c'est a cause du thon – de sa qualité, de sa coupe – ou à cause de l'huile ? Mystère. Ici, il y a des centaines de milliers de produits, mais c'est rarement bon. Et à la rubrique « ingrédients », au dos de n'importe quel emballage, on trouve une bonne dizaine de lignes de composants vraiment pas rassurants. Ils sont incapables de faire un yaourt avec du lait, des cultures, des fruits et du sucre. Viennent s'ajouter à la recette mille conservateurs, colorants, des vitamines à ne plus savoir qu'en faire, du potassium, du magnésium, etc. et des trucs bizarres dont on n'a jamais entendu parler en France (en tout cas pas dans un yaourt), genre mononitrate de benzodine. C'est à se demander si on mange un yaourt ou une pharmacie de poche.

La seule viande sans hormones que l'on trouve ici est la viande argentine. Elle est vendue dans deux supermarchés (à Century City et à Westwood), et chaque fois que j'y vais – une heure de route aller, une heure de route retour –, il ne reste que les morceaux moches. (Ou alors il n'y a que des morceaux moches pour décourager le client d'acheter autre chose qu'américain ?) Ça laisse quand même l'option du poisson. Pas question de rêver de pommes vapeur : les pommes de terre sont énormes, leur chair est blanche et absolument dénuée de saveur – pourquoi n'y ajoutent-ils pas un peu d'arôme artificiel pomme de terre pour les Français de Californie (cent mille, quand même) ?

L'autre grand problème, quand on vit ici, c'est le chocolat. Ils ont bien un truc qui s'appelle *chocolate* (il est donc assez facile de se méprendre), mais ça n'a rien à voir. Nous autres Européens fabriquons le chocolat avec du cacao. Eux le fabriquent avec de la liqueur de cacao. Le *chocolate* a le goût de pétrole, de plastique, de graisse animale. Sauf si on le choisit aux noisettes, raisins, abricots, marshmallow ou je ne sais quoi d'autre, et que cet ingrédient ajouté est majoritaire dans la composition du produit. Dans ce cas, on peut espérer que le goût de l'additif – noisettes, raisins, abricots, etc. – masquera celui de la liqueur de cacao.

Même le chocolat noir ne ressemble à rien. Encore une fois, il faut aller chez Chalet Gourmet. Et s'acheter sa tablette de Valrhona à cinq dollars – trente francs, tout de même.

Quand par hasard un supermarché dispose de plaquettes plus européennes – Lindt –, ce ne sont jamais les bonnes. Chocolat fourré framboise, citron ou toffee ? Non, ce que je veux c'est du chocolat tout simple, lait-noisettes, lait. Ni fourré ni aromatisé. Mais le dialogue est impossible. On n'a pas grandi dans le même palais. Et nos palais n'ont pas grandi ensemble. Les Suisses pourraient faire un petit effort, se montrer un peu partageurs, envoyer un e-mail aux fabricants de chocolat américain, leur donner une de leurs recettes, pas toutes, juste une. Il ne faut pas se plaindre, on trouve partout du Nutella. Après tout, le Nutella, c'est bien aussi. Surtout à la cuiller.

Mais si on veut acheter du bon pain pour se faire une tartine, c'est là que les ennuis commencent. Certains racontent que le pain ne pourra jamais avoir le même goût qu'en France parce que la farine n'est pas la même (ce serait trop compliqué de l'importer ?). D'autres parce que l'eau n'a pas le même goût. Qu'ils fassent donc du pain à l'eau minérale d'Évian. Ici tout le monde boit de l'Évian. Et je ne parle pas des stars qui se lavent les cheveux à l'Évian.

Heureusement, il existe une boulangerie traditionnelle à Los Angeles. La Brea Bakery, sur l'avenue La Brea. Sa boutique mesure trois mètres carrés et il est impossible de la repérer de l'extérieur. Il y fait sombre et la porte est doublée d'une moustiquaire à moitié déchirée. Ils ont du pain aux raisins, du pain aux noix, de la baguette de campagne, de la fougasse et de la bruschetta. Et des fromages qu'ils se font envoyer des quatre coins d'Europe, par Federal Express. C'est la meilleure adresse de la ville. À part Chalet Gourmet, bien entendu.

Je fais de mon mieux pour manger sainement, légèrement, mais rien n'y fait, je grossis quand même. Sonia c'est pareil. En huit mois elle a pris dix kilos. Moi seulement cinq. Je ne devrais pas me plaindre, sauf qu'elle, au départ, elle était très mince. Et puis elle mesure au moins une tête de plus que moi. On parle de ça tout le temps. Elle dit que même si elle ne mange pas elle grossit. On en a déduit, dimanche dernier, que ce qui faisait grossir, c'était l'air qu'on respirait. (Penser à respirer moins ?)

Pour les courses d'appoint – eau minérale, Coca – je vais au *meat market*, juste en bas de mon immeuble. Je crois pouvoir affirmer qu'ils sont spécialisés en viande périmée. L'odeur est insoutenable. Quand j'y vais, c'est un exercice d'apnée. Une préparation à la plongée sous-marine. Au moment où j'entre je retiens ma respiration, j'articule ce dont j'ai besoin, l'appoint déjà posé sur le comptoir. On me tend mon Coca, mes cigarettes, mon eau, pas besoin de sac, non, comme ça c'est bien. Et là, hop ! je me précipite dehors et j'expire-inspire, expire-inspire.

En face du *meat market* se trouve un grand hall qui sert d'église à la communauté latino du coin. De chez moi je les entends prier, chanter, appeler. Ils sont des centaines. Tous les jours. Sur le bâtiment de cette église de fortune est inscrit en énormes lettres rouges et jaunes : *ESCAPA POR TU VIDA*. Littéralement, « échappe-toi pour (sauver) ta vie ».

Pitch

C'est assez troublant, quand on se réveille le matin, de se trouver devant deux signaux différents. Au nord-ouest, les lettres blanches HOLLYWOOD cherchent à m'hypnotiser, en bas à gauche, Dieu semble vouloir m'avertir de quelque chose. Échappe-toi, échappe-toi, pour aller où ?

18.

Hier Steven m'a fait quelques remarques sur ma grammaire : certaines de mes phrases sont vraiment trop longues ou compliquées.

Au début il trouvait ça charmant, délicieux ; maintenant ça l'agace. Comme dans un couple.

– Faites relire par quelqu'un, bordel ! Ça ne devrait pas être à moi de corriger les tournures de style !

Il a raison.

J'ai aussitôt téléphoné à Mason. Américain pure souche, et bon copain. Nous étions dans la même classe au premier trimestre.

Mason était dans tous ses états : lui qui se préparait à envoyer son scénario, *West Point*, à un agent, a lu dans *Variety* qu'un film intitulé *West Point* était en production chez Warner. La *storyline* est rigoureusement la même que la sienne. C'est une histoire vraie, celle du premier Noir accepté à l'école militaire de West Point. Ça arrive tout le temps. C'est à cause du champ morphogénique. Le champ morphogénique, ai-je lu un jour (mais où ? mais quand ?), c'est une espèce de couche d'énergie qui entoure la terre et qui fait que quarante-sept personnes (quarante-sept, vingt-trois, douze ou deux cent soixante-deux) ont exactement la même idée au même moment.

Ce qui fait la différence, c'est le milieu dans lequel baigne le récipiendaire de l'idée, son métier, ses connections, ses capacités à matérialiser l'idée, etc.

Pour Gustave, je n'ose pas imaginer. Disons que je suis peut-être la seule résidente de Californie du Sud à y avoir pensé. À moins que je ne découvre demain qu'il y a déjà cinq Eiffel en production ici. Tant pis. Je ne vais quand même pas, pour échapper au champ morphogénique, faire de Gustave une *drag queen* dansant la techno au Champ-de-Mars.

J'ai parlé à Mason de mes difficultés avec l'anglais. Je lui ai demandé si éventuellement, il aurait le temps de me corriger. Très gentiment, il m'a proposé de me « rewriter ».

Il m'a faxé tout à l'heure les quatre premières pages. Grâce à lui mon travail est en train d'accéder à une qualité extraordinaire. Ce qui est étrange, c'est que mon anglais ne progresse pas (je suis bilingue, mais lorsqu'il s'agit d'écrire des phrases trop sophistiquées, j'ai quand même un peu de mal, ça manque de fluidité naturelle, la fluidité que concède cette chère langue maternelle) ; à côté de ça, je perds mon français. Chaque jour, je bute sur la conjugaison d'un verbe. Ou je cherche un mot sans le trouver. J'ouvre mon Robert au hasard, et j'en lis trois, quatre, cinq pages.

Attraper ? Atrapper ? Atraper ? Attrapper ? Néanmoins, cependant, par contre, en revanche.

Je perds d'un côté ; de l'autre, je ne gagne rien. Donc, je perds. Est-ce que j'apprends quelque chose au moins ? J'apprends à me débrouiller. J'apprends à me défendre. Je développe mon sens de l'orientation. Et mon sens de l'organisation. J'apprends à travailler. J'apprends les rapports humains. J'apprends à ne plus avoir peur. J'apprends à apprendre.

Mais j'ai encore peur. Peur qu'on m'attaque sur ma maîtrise de la langue. Peur que le fait d'être une femme n'arrange rien.

Mason vient de terminer la réécriture. Ça lui a pris toute la journée. Belle preuve d'amitié. Je lui ai proposé de s'associer avec moi. J'ai déjà le producteur, l'histoire, et j'aurai bientôt les dates de rendez-vous de pitch. Il n'aura qu'à se greffer au projet. Sous réserve, bien entendu, que Steven accepte. Mason a refusé. Il m'a dit que c'était mon projet, que je l'avais écrit toute seule, qu'il ne fallait pas que j'aie peur et que je m'en sortirais très bien.

Mon traitement est maintenant impeccable. C'est fluide, délicat et fort en même temps. Je n'ai plus qu'à le faxer à Steven.

Steven s'est dit « entièrement satisfait ».

– Maintenant, il faut travailler le pitch.

– Oui.

– Vous savez comment faire ?

– Je crois.

– Notez sur une feuille les moments les plus forts de l'histoire. Faites quand même une petite intro. Une phrase suffit. Structurez-le bien. Ce doit être une montagne russe. Vous devez entraîner les auditeurs avec vous. Réfléchissez à la meilleure façon de mettre en avant vos personnages. Deux, trois qualificatifs suffisent. Faites-vous un brouillon, puis deux, puis dix. Exercez-vous.

– D'accord.

– De toute façon, on se reparle bientôt. J'ai déjà pris cinq rendez-vous de pitch. Ça ne commence pas avant le milieu de la semaine prochaine. Ça vous laisse huit jours. D'ici là vous serez prête.

Ce soir j'ai regardé *Seinfeld.* Tout le petit groupe rêvait de se rendre à Paris. Jerry a même mentionné la tour Eiffel. Est-ce que je peux m'en servir pour ouvrir le pitch ?

Steven et Vicky m'ont reçue ce matin. On commence par la phrase d'intro.

– Avez-vous regardé le dernier épisode de *Seinfeld*? Si oui, vous aurez constaté qu'il y a une destination qui fait l'unanimité. Cette destination, c'est Paris. Dans le cœur de millions d'Américains, et partout autour du monde, Paris symbolise l'amour. Qu'est-ce qui symbolise mieux Paris que la tour Eiffel ?

– Trop long. Il faudrait une attaque plus vigoureuse, rapide, féroce. C'est une histoire d'amour. Une très grande histoire d'amour. Paris, le XIXe siècle. N'hésitez pas à en faire des tonnes. Il faut de l'impact. Votre pitch, il faut que ce soit une bombe, que ça les réveille. Que ça leur ouvre les yeux, que ça leur soulève les tripes, le cœur. Il faut que votre pitch les change à tout jamais.

– ... ?

– C'est *Roméo et Juliette.* C'est *Casablanca.*

– ...

– Ils ont été séparés. Mais leur amour sera plus fort que tout. Il faut la vendre, votre histoire.

– ...

– Bon, manifestement vous n'y êtes pas. Rentrez chez vous. Travaillez. On se voit demain. 15 heures. Tâchez d'avoir progressé. Et oubliez *Seinfeld.* Évoquez le glamour de l'époque. On invente l'électricité, l'automobile, le téléphone. Dites-le. Il faut que ce soit excitant, que tout dans votre pitch soit excitant. L'époque, l'intrigue, les personnages. Et vous, par la même occasion. Il faut que vous dégagiez une énergie quasi solaire. Du magnétisme. À la fin du pitch, je veux qu'ils soient rétamés. Compris ?

Après chaque pitch, j'enverrai par la poste une petite tour Eiffel à l'*executive* qui nous aura reçus. Ou bien vaudrait-il mieux arriver avec eux ? On entre, on dit bonjour, sans dire mot je sors la tour Eiffel de mon sac et je la pose sur la table, ce qui me permet de détourner l'attention de moi (compte tenu de mon manque d'aisance ça me paraît une bonne idée) et là, je commence le pitch.

*

A kiss is just a kiss. A sigh is just a sigh. The fundamental things apply. As time goes by.

*

Ils fuient l'Europe occupée par les nazis. Rick's Café. Victor Lazlo. Les souks. La bouteille de Vichy. Les lettres de transit. La belle Aurore.

Ça, il a bien fallu que quelqu'un le pitche.

*

Je me suis acheté un petit magnéto. Commencer par la phrase d'introduction.

*

La tour Eiffel est le monument le plus connu du monde.

Vous connaissez Paris. Vous connaissez la tour Eiffel. Mais savez-vous qui se cache derrière cette remarquable prouesse technique ?

Pitch

Demandez à un Tibétain, un Péruvien ou un Texan ou se trouve la tour Eiffel. Il le sait.

Paris est la capitale de l'amour. Voilà pourquoi j'en suis partie. Vivre dans un cadre si romantique, et s'emmerder autant, c'est cruel. Il vaut bien mieux vivre dans un endroit plus pollué, plus moche. Par contraste, les sentiments paraissent plus grands. Ça a un sens ce que je dis là ? Aucun ? Tant mieux. De toute façon, faire une introduction, ça m'emmerde. Je ne pourrais pas vous raconter l'histoire d'Eiffel de but en blanc, sans préambule ? On gagnerait du temps, plutôt que de vous servir un baratin tiédasse. Vous n'en avez pas marre qu'on vous pitche toute la journée ? C'est pour vous que ça doit être le plus dur. Tous ces gens qui entrent dans votre bureau avec une énergie quasi solaire, ça doit vous pomper, non ? Comment faites-vous ? Vous êtes payés pour ça. C'est sûr. Bon, alors je reprends. Oui oui, dix minutes maximum. Je sais.

« Tout le monde connaît Paris. Tout le monde connaît la tour Eiffel. Mais qui connaît Gustave Eiffel, et qui sait l'histoire qui se cache derrière la construction de la tour ? »

Après la phrase d'intro, la suivante, puis celle d'après. Et ainsi de suite.

(Trois jours plus tard.)

Je me suis enregistrée une bonne cinquantaine de fois, et j'ai arrêté mon choix sur la vingt-deuxième version, qui me paraît la meilleure parce qu'elle est : 1) à peu près fluide ; 2) enthousiaste ; 3) bien structurée. Au-delà de la trentième, c'est poussif et je me prends les pieds dans mes phrases. En deçà, c'est hésitant, et pas assez *solaire*.

Je l'ai pitchée à Steven par téléphone. Il y a apporté trois petites modifications.

Je l'ai rappelé une heure plus tard pour lui pitcher la nouvelle version.

J'ai enregistré cette nouvelle version sur mon magnéto. En boucle.

J'écoute le pitch dans ma salle de bains. J'écoute le pitch dans ma cuisine – pendant que je fais la vaisselle. J'écoute le pitch dans ma voiture – à fond, cheveux au vent, même pour les petits trajets. J'écoute le pitch avant de dormir. J'écoute le pitch en dormant. Je ne fais plus que ça : écouter ma voix déclamer le pitch. *Play it again, Sam.*

Je l'ai chronométré : mon pitch fait entre sept et neuf minutes, selon que je laisse plus ou moins de pause entre les phrases. Je suis dans les temps.

Le pitch est prêt. Il me reste quatre jours pour prendre confiance en moi.

19.

Technique numéro 1 : le dictionnaire des citations

Nos désirs sont les pressentiments des possibilités qui sont en nous. *Goethe.*

Il n'y a pas de problème, il n'y a que des solutions. *Gide.*

Il n'est pas nécessaire d'espérer pour entreprendre, ni de réussir pour persévérer. *Guillaume d'Orange.*

Nécessité fait l'oie.

Technique numéro 2 : *oh happy days*

Si l'on croit suffisamment fort en sa chance, elle se réveille.

Parce que jusqu'à maintenant je n'ai pas eu tellement de chance, ni en amour (catastrophe) ni professionnellement (catastrophe), je m'imagine que la vie a une dette envers moi.

Le ciel nous accorderait à tous un quota de « bons jours ». Allez, quinze ans par personne et par vie. D'une traite ou répartis sur la durée de l'existence. On aurait tous chez nous un *bon-an-drier*, et à chaque jour de joie on cocherait une case. Au bout de 15 x 365 jours on se mettrait à pleurer, pensant que c'est fini, tout est fini, les bons jours sont derrière nous.

Les mauvais jours entre les bons jours nous permettraient de mieux apprécier ces derniers.

Je fais le point sur mon compte. Finalement, il n'y a aucune raison de s'inquiéter.

Technique numéro 3 : *repeat after me*

Je suis belle, je suis intelligente, j'ai confiance en moi. Je vais me débrouiller comme une reine. Répétez après moi. Je suis belle, je suis intelligente, j'ai confiance en moi, je vais me débrouiller comme une reine. Je suis belle, je suis intelligente, j'ai confiance en moi.

Technique numéro 4 : *la tectonique des plaques*

J'allume la télé. Ça détend de regarder la télé. Surtout la chaîne du télé-achat – *home shopping network*. Alors là, nous avons un appareil qui épile le poil avec sa racine.

– Sa racine, mais c'est merveilleux !
– Et même avec son bulbe.
– Son bulbe, c'est extraordinaire !
– Est-ce que ça fait mal ?
– Non, ça ne fait même pas mal.
– Et combien coûte cette petite merveille ?
– Elle ne coûte que dix-neuf dollars.

– Dix-neuf dollars ? Mais c'est donné !

Après l'épilateur à dix-neuf dollars, la bague en or sertie de diamants et rubis à quatre-vingt-dix-neuf dollars, et la cire à bois qui fait briller instantanément, je change de chaîne.

Tiens. Un clip en images de synthèse. Une voix raconte la création de notre monde, la formation des continents, la tectonique des plaques. En trente secondes, je vois la terre se former, la masse terrestre se disloquer au profit des mers, jusqu'à sa configuration actuelle. Puis l'inverse. Les continents se rapprochant de nouveau. Un jour, dans des millions d'années, l'Afrique et l'Europe ne formeront qu'un continent. Médusée, devant ma télévision, je suis l'évolution du monde jusqu'à sa fin : un jour, tout aura disparu. Il ne restera qu'une grosse boule sombre et glacée, éteinte.

Je comprends tout à coup la relativité des choses et du même coup la vanité des hommes, et pour commencer, la mienne, à écrire en gras, en majuscules. LA MIENNE.

Technique numéro 5 : *l'arc-en-ciel*

(La géologie mondiale, ça n'a pas suffi.)

J'ai passé l'après-midi chez Bohdi Tree, la librairie holistique de Los Angeles, sur Melrose, à l'angle de La Cienega Boulevard. J'ai discuté longuement avec un vendeur. Il m'a proposé de « nettoyer mon aura », d'associer l'aromathérapie à la méditation. Il m'a expliqué les vertus du quartz rose et celles de l'encens tibétain. Puis il est parti s'occuper d'une autre cliente, et je me suis installée sur un tabouret, au rayon chromothérapie. J'ai lu deux ouvrages sur place. En prenant des notes.

Je me suis acheté un sachet de sels de bain rouges, à huit dollars. J'ai hésité entre rouge, jaune, bleu et violet. J'ai même envisagé d'acheter les quatre. Mais quatre bains successifs, c'est trop. Surtout que l'effet des couleurs pourrait s'annuler.

Il y a des tas de techniques différentes. On peut se mettre la couleur devant les yeux (tissu, rideau), la porter (vêtements), la projeter sur le corps grâce à un filtre et une petite lampe, ou encore prendre un bain de couleur. J'ai bien pensé vider les quatre dans la même baignoire, seulement jaune plus bleu donnerait du vert, rouge plus violet donnerait probablement du violet, et violet plus vert donnerait quoi ? Du marron ? Le transit intestinal qui s'emballe le jour du pitch. Ce serait la catastrophe.

Le principe est simple. En ce qui me concerne, ça n'a rien donné jusqu'à présent, mais je ne perds pas espoir, un jour, je serai habillée en violet, j'entrerai dans une pièce et tout le monde lèvera les yeux vers moi en silence : la voilà). Pour celui qui s'habille en violet, la couleur augmente la patience, les capacités d'endurance.

Le rouge, aux ondes plus lentes, est le meilleur des stimulants énergétiques. À proscrire en cas d'anxiété ou de nervosité, le rouge fait un bien fou aux gens fatigués, apathiques. Le rouge est excellent pour la circulation du sang, favorise l'amaigrissement. Et surtout, rend très courageux (en particulier les taureaux).

Le jaune stimule considérablement l'activité intellectuelle. Il rend très intelligent. Attention, trop de jaune, et c'est l'anxiété.

Le bleu calme et rassure. Si l'on a peur, que l'on est tendu, que l'on souffre de palpitations ou d'insomnies, s'habiller en bleu ou dormir dans des draps bleus.

Pitch

Tous les jours jusqu'au pitch, je m'habille en bleu. Je reste sous ma couette bleue, je regarde le ciel bleu. Et je mange des *blueberries*.

Le matin du pitch, je prendrai mon bain rouge. Et je m'habillerai avec des vêtements rouges et violets pour l'entretien. Ou alors en jaune, pour être plus intelligente et concentrée – et en rouge, toujours, pour le courage. Je ressemblerai à un Carambar géant mais aux États-Unis personne ne connaît Carambar, tout va bien.

Rester calme. Écouter la cassette en boucle. M'asseoir sur mon petit balcon et prendre le soleil.

– Gustave, dis-moi que tu ne me laisseras pas tomber.

– Bien sûr que non, je ne te laisserai pas tomber.

– Promis ?

– Tour de bois, tour de fer, si je mens, je vais en enfer.

20.

Je suis allée à Westwood pour acheter de la viande argentine. Et des oranges. Et des vitamines. Je me suis fait un gommage du visage au noyau d'abricot. Puis un masque au concombre. J'ai fait des exercices de gymnastique. De respiration. Je me suis lavé les cheveux en prenant soin de bien masser le cuir chevelu en petits mouvements circulaires. J'ai écouté Aznavour et Sinatra. J'ai chanté à tue-tête dans l'appartement. J'ai dansé dans mon salon. Je me suis beaucoup massé la plante des pieds. Et les doigts, qui sont des terminaisons nerveuses. J'ai acheté des filtres transparents, et je me suis fait de la lumière bleue sur le front et indigo sur le haut du crâne. Je suis allée prendre le soleil à Santa Monica. J'ai même fait de la balançoire. J'ai bien bu mes deux litres d'eau par jour. J'ai bien dormi.

Ce matin, je suis allée à la Columbia. Répétition générale avant le grand jour. J'ai pitché devant Steven, Vicky et Kim. Steven a trouvé ça très bien. Le danger, m'a-t-il rappelé, c'est de se perdre dans les détails. « Le pitch, ce doit être une mise en appétit et non un déferlement d'infos. Du *teasing*, du pur *teasing*. »

Il a ajouté qu'avec ma personnalité, tout devrait bien se passer.

Après le pitch, Steven m'a proposé de faire encore deux ou trois modifs sur le traitement. Rien d'important. Repaginer, et corriger quelques mots. Il a inséré dans les pages du traitement des photos de la tour Eiffel, prises lors des différentes étapes de sa construction.

Je me suis installée à son bureau, il s'est assis à ma droite. Je sais que tout va bien se passer. Je maîtrise mon pitch. Je suis sereine. C'est toujours exactement dans ces moments-là, quand je crois que je suis enfin tirée d'affaire, qu'un truc me tombe sur le coin de la gueule.

Et voilà, comme l'a dit Hitchcock à Kim Novak, ma personnalité, je crois bien que je suis assise dessus. Tandis que nous effectuons les derniers changements, Steven commence à me faire des avances. Il me dit que la première fois qu'il m'a vue, il a ressenti une extrême attirance, c'est la raison pour laquelle il m'a invitée à le suivre dans son bureau.

Je fais semblant de ne rien entendre. L'indifférence. Un moment d'égarement, ça va lui passer. Il est peut-être très anxieux, lui aussi. Après tout, sa carrière est en jeu. Si on réussit à vendre Eiffel, il sera projeté sur le devant de la scène. Et il gagnera beaucoup d'argent.

Maintenant il me parle de ma nuque. Je n'aurais pas dû relever mes cheveux. Est-ce que je dois enlever ma barrette, pour cacher ma nuque ? Non. Ce serait pire. Est-ce que je dois sortir de la pièce ? J'essaie de recentrer le débat sur la pagination du traitement. Il m'avoue que s'il prend autant de plaisir à perfectionner ce texte, c'est pour avoir la joie de me voir, deux fois par semaine, à son bureau

– Allez, Steven, c'est pas drôle.

– Vous et moi, dans un lit, on serait de la dynamite.

– Pardon ?

– Je sais que vous en crevez d'envie.

– Non, Steven. Vous êtes un homme plutôt très séduisant, très intelligent, mais non. Je le regretterai peut-être toute ma vie, mais c'est non.

Je me lève, j'attrape mon panier, je sors de son bureau. Je descends jusqu'au rez-de-chaussée, je traverse les allées du studio. Je récupère ma voiture au parking. Je rentre à la maison.

Tous ces meetings n'ont-ils servi qu'à ça, lui permettre de fantasmer sur ma nuque, mes fesses ou je ne sais quoi d'autre ?

Évidemment sa femme était partie en week-end. Sa femme qu'il a épousée il y a deux ans pour son argent, tout le monde le sait à Hollywood, parce que sa femme, c'est la nièce du banquier le plus riche du pays. Des milliards de millions. Pas très belle, mais tellement riche. Alors forcément le pauvre gars n'est pas dans son assiette, il ne se sent pas à la hauteur – lui aussi, c'est un usurpateur. Il n'avait qu'à épouser une fille moins riche (ou aussi riche d'ailleurs) dont il aurait été vraiment amoureux, plutôt que celle-ci pour la sécurité matérielle.

Après mon départ, il m'a téléphoné à la maison. Il m'a raconté qu'il se sentait nul, tellement nul. Tout ce qu'il possède provient de sa femme, de l'oncle de sa femme ou des relations de l'un ou de l'autre. Il n'a rien réussi par lui-même, si ce n'est ce mariage de raison. « J'aime ma femme », m'a-t-il répété plusieurs fois au cours de cette conversation téléphonique.

– Je l'aime mais je ne suis pas amoureux d'elle.

Juste après mon mariage je suis tombé amoureux de quelqu'un d'autre et j'ai eu une liaison avec cette femme pendant un an. Priscilla l'a découvert et j'ai dû tout arrêter, du jour au lendemain, j'en ai beaucoup souffert mais je n'avais pas le choix. Sans ma femme, sans l'argent de ma femme, je ne suis rien.

Il s'est mis à pleurer au téléphone, c'était horrible. Je suis furieuse. C'est moi la victime et bientôt il va falloir que je le console. Les hommes sont décidément trop forts.

– Je vous trouve tellement élégante, tellement française.

– Tellement élégante ? J'ai simplement essayé d'être professionnelle. Steven, il ne se passera rien du tout. Vous resterez mon producteur et moi je serai simplement l'une des scénaristes avec qui vous travaillez.

– Quel dommage...

– Steven, vous la fermez maintenant, et vous arrêtez de me polluer la tête avec vos conneries.

– ...

– Et puis Steven, laissez-moi vous dire un truc.

– Quoi ?

– Ce qu'il y avait de formidable entre nous, c'était que même si je ne me sentais pas vraiment à la hauteur de ce qui m'arrivait, je me disais que vous, vous l'étiez. Comment je pourrais vous faire confiance maintenant ?

– J'adore le projet, ne vous méprenez pas. Je suis fou de ce projet, mais j'ai aussi, par ailleurs, beaucoup, beaucoup de tendresse pour vous.

– Steven, je vous demande de reporter cette tendresse sur Gustave.

– Une nuit, juste une nuit. J'ai trop envie de vous. Quand je vous vois...

– Steven, je vous somme de reprendre vos esprits.

– Et même quand je ne vous vois pas...

– Comment dit-on déjà ? Harcèlement sexuel ? Ce serait dommage d'en arriver là. Ça ferait mauvais genre, non ?

– Mesquin.

– Pas le choix. Comment voulez-vous que je me défende ? C'est vrai, je suis tellement contente de bosser sur ce projet que je souris tout le temps. Maintenant il va falloir que j'apprenne à ne pas vous sourire, jamais, à ne pas exprimer mon enthousiasme. J'espère qu'Eiffel ne pâtira pas de l'incident.

– Mais non, bien sûr que non. Cette histoire est formidable, vous verrez, on la vendra.

– En attendant, Steven, on ne l'a pas vendue, on ne l'a même pas encore pitchée à qui que ce soit. Vous m'emmerdez à la fin. J'ai investi tout ce que j'avais dans cette nouvelle vie américaine, et dans ce projet, je ne voudrais pas que tout s'arrête, brutalement, à cause d'une histoire de cul qui, en plus, n'arrivera jamais.

– Je sais que je finirai par vous avoir, Caroline.

J'ai raccroché, à court d'arguments, excédée. J'ai peur qu'une chose – mon refus, donc – en entraîne une autre – rupture de contrat ?

Dans un moment de panique, j'ai téléphoné à Vicky. Je lui ai raconté mes soucis.

– De toute façon, à Hollywood, personne te connaît et tu connais personne. C'est toujours lui qu'on croira. Harcèlement sexuel, c'est valable seulement si tu es salariée du studio, si tu fais partie d'un staff. Mais toi, en plus, tu es étrangère.

– Et alors ?

– Et alors ? On donnera toujours tort à un

outsider. Entre nous, je te conseille de te la fermer. Même moi, tu vois, je témoignerai jamais pour toi. Risquer ma carrière pour une fille que je connais à peine ? Ce serait complètement crétin. Je n'ai rien entendu, tu ne m'as jamais rien dit, cette conversation n'a jamais eu lieu. Mais dis-moi, je peux te poser une question.

– ...

– Je croyais qu'en France, c'était normal de coucher avec son patron ?

J'ai pleuré, à cause de ça, et à cause de Steven ; ensuite c'est Sonia qui a pleuré, parce que le type qu'elle aime follement à Madrid va se marier bientôt, c'est une amie commune qui le lui a annoncé (c'est vraiment gentil de l'avoir prévenue). Sonia a donc appelé ce type, aujourd'hui, en prenant un prétexte professionnel (il travaille dans une maison de production). Elle lui a répété qu'il pouvait se marier parce que de toute façon elle ne l'aimait plus, alors qu'elle mourait d'envie de dire le contraire.

Tous des salauds. Même Gustave.

Mise au point

– Ah ! ça non. Moi je suis de votre côté.

– Hein ?

– Je vous l'avais dit, en plus. On ne peut pas travailler devant les genoux d'une femme et ne pas avoir envie de la posséder.

– Gustave ! Ça n'a rien à voir avec les genoux.

– Oui, bon, les genoux, la nuque, c'est du pareil au même.

– Ça n'a rien à voir avec la tenue, Gustave. Il y a des filles qui savent être vraiment glaçantes. Des filles que l'on respecte, avec lesquelles on ne se permet pas le moindre écart, la moindre intitiative. Pourquoi est-ce que je n'en fais pas partie ? Je ne fais peur à personne, Gustave.

21.

Demain, le pitch. Pour commencer, on va pitcher à Olga Bretman et Liz Bowles. Vicky m'a prévenue : l'une a fait Harvard, est très silencieuse et tranchante comme une lame de rasoir, l'autre est – selon ses propres mots – une obèse qui tentera de cacher sa surcharge pondérale dans une immense robe floue. La deuxième est nettement plus passionnée, extravertie et chaleureuse.

Rappel des personnages

Steven : Président de Pebblestone Prod., maison de production affiliée à Sony-Columbia. Grand, cheveux grisonnants, blindé depuis qu'il a épousé la nièce de T.H.W., légende vivante de la finance. Possède une immense propriété à Bel Air, avec deux piscines. (Pourquoi deux ? Il faudra un jour que je lui pose la question.)

Vicky McFlurry : Directeur de développement et V-P de Pebblestone Prod. Blonde, lesbienne, bien foutue. Vient de s'acheter une maison à North Hollywood.

Branchée cosmopolite – en tout cas, c'est le genre qu'elle se donne.

Olga Bretman : Ultrabrillante, *executive* chez Columbia. Tailleur Armani, mince, Harvard.

Liz Bowles : Obèse et chaleureuse. Travaille en *team* avec Olga Bretman.

INT. JOUR/ SONY-COLUMBIA BUREAUX

Steven L., Vicky McFlurry et Caroline Bongrand sont assis confortablement sur un canapé dans une espèce de salle d'attente décorée d'affiches des récents succès du studio : Godzilla, Gattaca, Men In Black.

VICKY Mc FLURRY

T'angoisse pas, tu vas très bien t'en sortir. Elles sont très sympas tu vas voir.

(Une assistante ouvre une porte.)

ASSISTANTE

Vous pouvez entrer, Olga et Liz vous attendent.

INT. JOUR/ BUREAU OLGA BRETMAN

Le bureau d'Olga est tapissé d'un papier peint aux couleurs de L'île aux enfants. *On voit Casimir, Léonard, Monsieur Du Snob, le facteur et Julie qui sort la tête de son kiosque. Olga Bret-*

man est vêtue d'une robe rose à fleurs bleues fendue sur le côté, Liz a maigri de quarante-cinq kilos et il est difficile de savoir laquelle est Liz et laquelle est Olga.

OLGA

Liz. Ravie de vous rencontrer. Steven nous a dit que vous étiez solaire.

(*Olga et Liz mettent leurs lunettes de soleil.*)

CAROLINE

Caroline. Ravie.

LIZ

Olga Bretman, enchantée.

OLGA

Bon, eh bien pas de temps à perdre, j'imagine que nous avons tous des choses bien plus importantes à faire, n'est-ce pas ?

STEVEN

Ne m'en parlez pas, j'ai cent huit personnes à rappeler avant 15 heures.

VICKY

Et moi donc, il faut que j'aille commander ma nouvelle moquette. J'hésite encore pour la couleur.

OLGA

La moquette, ça ne peut être que blanc, à poil long, sinon, c'est du carrelage.

STEVEN

Je n'ai jamais osé le dire, mais je pense comme vous.

(Rires.)

LIZ

Alors, avec quoi allez-vous nous faire perdre notre temps aujourd'hui ?

(*Steven regarde Caroline sévèrement. Vicky lui donne un coup de pied sous la table transparente. Olga regarde sa montre et soupire. Tout à coup, on frappe à la porte.)*

OLGA

Qui est là ?

(*La porte s'ouvre. C'est le père et la mère de Caroline.*)

CAROLINE

Mais qu'est-ce que vous faites là ?

LES PARENTS

On est venus pour t'encourager. C'est bien aujourd'hui, le pitch ?

(*Ils se tournent vers Steven, Vicky, Olga et Liz.)*

LES PARENTS

(accent français très prononcé)

Hello, how are you ? We came to encourage our daughter.

CAROLINE

Mais vous ne pouvez pas rester !

(*Le père et la mère de Caroline posent chacun un Carambar sur la table basse. Ils sortent, déçus.)*

CAROLINE

L'histoire se passe en France entre 1886 et 1889. Une époque fascinante. On invente l'électricité, le téléphone, l'automobile...

LIZ

Venons-en au fait.

OLGA

Plus que trois minutes.

(*Des gouttes d'eau commencent à suinter du plafond. On frappe à la porte.*)

GUSTAVE EIFFEL

Hello, hello !

OLGA

Qui êtes-vous ?

GUSTAVE EIFFEL

Je suis Gustave Eiffel et cette femme est une imposteuse.

(*Il prend les deux Carambar sur la table et sort en claquant la porte.)*

CAROLINE

Mais non, je ne vais plus avoir assez de temps pour pitcher.

OLGA

On la vire ?

LIZ

Oh ! non, on la regarde se décomposer, c'est plus drôle.

CAROLINE

C'est l'histoire d'Eiffel, l'ingénieur français le plus brillant de l'époque. Il est riche, il est célèbre dans le monde entier, c'est le petit chéri de la société française, c'est un veuf, il a cinq enfants. Et on lui commande pour l'Exposition universelle de 1889 le monument le plus extraordinaire qui soit : une tour de mille pieds – le plus haut bâtiment jamais construit à l'époque. C'est un homme qui ne vit que pour son travail et ses enfants.

(Steven s'est endormi, tout comme Liz qui ronfle. Vicky se fait les ongles des pieds avec une lime sur laquelle est inscrit TROPICAL GROOVE. Olga a enlevé ses lunettes, elle mange des bonbons sortis d'une boîte qui précise : VIRTUAL MINTS – NO FAT – NO CALORIES – NO SUGAR. (Menthes virtuelles, sans graisse, sans calories, sans sucre.) L'eau ne suinte plus, elle dégouline franchement, et seulement sur la tête de la pitcheuse, qui rassemble ses mèches et les essore constamment.)

CAROLINE

Et cet homme va revoir une femme qu'il n'a pas vue depuis vingt-cinq ans, une femme dont il était fou quand il était jeune.

(Un téléphone portable sonne. Tout le monde se réveille et vérifie le sien.)

LIZ

Bien sûr, bien sûr, bien sûr, bien sûr, bien sûr. Non, cent quarante millions. Non ! Cent quarante millions j'ai dit. Marketing. Marketing. C'est simple, non ? M-A-R-K-E-T-I-N-G. Bien sûr. Mais non pas Warner, t'es vraiment crétine, mais non, FOX évidemment. J'ai dit FOX, t'es sourde ou quoi ? C'est ça, au revoir.

(Liz éteint son téléphone.)

CAROLINE

Je pourrais changer de place ? Parce que là, je me prends toute l'eau sur moi.

STEVEN

Tais-toi et pitche.

LIZ

Ce que c'est désagréable d'être dérangé pendant son sommeil.

(Liz se rendort aussitôt. Steven aussi. Vicky a sorti du vernis à ongles de son sac à dos, elle se met maintenant du vernis sur les ongles de pieds. La lime TROPICAL GROOVE est posée en évi-

dence sur la table basse. Caroline la regarde avec mélancolie. L'eau continue de couler sur elle. Tout à coup, des poissons rouges commencent à tomber sur sa tête.)

CAROLINE

Cette femme s'appelle Amélie. Eiffel et elle se sont follement aimés quand ils étaient jeunes et ont été séparés par des parents qui préféraient pour leur fille un mariage d'argent plutôt qu'un mariage d'amour. Et ils se rencontrent, vingt-cinq ans plus tard.

OLGA

Ça fait quatre fois que vous nous dites vingt-cinq ans plus tard, on a compris, bordel. Plus qu'une minute trente.

(Caroline observe la pièce se remplir d'eau. Les poissons rouges virent au bleu roi.)

CAROLINE

Dans un restaurant, ils sont assis l'un en face de l'autre mais ils ne sont pas seuls, elle est avec une amie, il déjeune avec un client, et ils sont tellement choqués de se voir qu'ils sont cloués à leurs chaises. Et puis la société de l'époque ne permet pas qu'une femme mariée commence à discuter avec un homme qui n'est pas son mari.

OLGA

Et alors ?

CAROLINE

Eiffel et Amélie vont essayer de se voir, en secret, mais les conventions interdisent qu'ils aient une aventure – elle est mariée. Et pas à n'importe qui puisque son mari n'est autre que le rival principal d'Eiffel.

(Les poissons virent au jaune. L'eau monte à quarante centimètres du sol. Personne, mis à part Caroline, ne semble s'en soucier.)

OLGA

Quinze secondes, quatorze, treize...

CAROLINE

(de plus en plus rapidement)

Et tout est contre eux. Le mari découvre leur liaison et se met en tête de détruire Eiffel et sa tour. Il monte le pays contre Eiffel ; l'ingénieur doit se battre sur tous les fronts et surmonter les insultes, les attaques et les humiliations. La construction de la tour devient pour lui le symbole de son amour pour Amélie et il hypothèque sa vie entière pour cette tour qu'il veut être le cadeau à la femme qu'il aime et qu'il n'aura jamais.

(Les poissons se transforment en Carambar géants. Liz se réveille.)

LIZ

Ça fait du bien quand ça s'arrête. Il fait un peu humide dans cette pièce. Il faut que je demande à ma secrétaire de tirer la chasse d'eau.

(Les Carambar se transforment en tours Eiffel. Trente-huit tours Eiffel flottent maintenant dans la pièce.)

OLGA

Rien à ajouter ?

STEVEN

Non, pourquoi ?

VICKY

Si, moi j'ai quelque chose à dire. Les bonbons virtuels, vous les achetez où ?

22.

Je me suis levée tôt, j'ai versé la moitié de mes sels de bain rouges dans la baignoire, et je suis restée une demi-heure dans l'eau. C'était horrible, ça ressemblait à un bain de sang. Sans compter qu'avec la densité du pigment, je pense avoir teint pour toujours la porcelaine de la baignoire. Quand je suis sortie de mon bain j'avais le corps rose bonbon, et le contour de mes ongles était rouge vif, moche quoi. J'ai essayé de les nettoyer, sans résultat. Je me suis habillée, comme prévu, en Carambar. Je crois que ce n'était pas très heureux, mais j'étais trop affolée pour changer mes plans vestimentaires.

On nous a fait patienter dans un canapé en velours kaki, il n'y avait aucune affiche sur les murs. Un assistant nous a proposé quelque chose à boire, Steven a demandé un verre d'eau et moi un Coca. Vicky ne voulait rien. Puis l'assistant nous a conduits jusqu'au bureau de Liz. Olga ne portait pas de tailleur, juste un pantalon beige en coton et un chemisier blanc. J'ai sorti la tour Eiffel dorée de mon sac, et je l'ai posée sur la table basse, en guise d'introduction.

Liz n'était pas grosse du tout, juste un peu ronde. Elle portait des chaussures Robert Clergerie. Vive la France.

Liz et Olga se sont montrées plutôt ouvertes et charmantes. À aucun moment je n'ai eu peur – ce que je redoutais plus que tout.

Vicky m'a présentée rapidement. Puis j'ai commencé à raconter l'histoire.

Steven n'a cessé de m'interrompre pour raconter *sa* version de l'histoire. Il avait envie de s'approprier le projet, et je pouvais à peine en placer une. Ce qui n'aurait pas posé problème s'il avait raconté l'histoire chronologiquement. Mais non, il raconte la fin puis le début puis la fin de nouveau puis le milieu, c'était à n'y rien comprendre. C'est bien la peine de m'avoir fait répéter mon pitch quarante-sept fois pour le bousiller en me coupant le sifflet toutes les vingt-deux secondes.

Je ne me suis pas laissé démonter, j'ai continué de raconter mes personnages et, dans les grandes lignes, la trame de l'histoire.

À un moment, il a dit : « C'est une histoire contemporaine dans la mesure où les gens de l'époque voulaient la même chose que les gens d'aujourd'hui – baiser » – *All they want to do is FUCK.*

Le ton sur lequel il a prononcé ce mot, *FUCK,* était tellement vulgaire – d'autant que mes deux héros ne veulent pas baiser, il veulent pouvoir se retrouver, S'AIMER –, tellement vulgaire que j'ai pensé un instant partir, claquer la porte. J'ai mis mon orgueil dans ma poche.

Liz ne cessait de s'extasier. Extraordinaire ! Fabuleux ! Quelle idée fantastique ! C'était franchement trop, presque bizarre. Olga, elle, était silencieuse, pensive. Elle a posé quatre questions ; à chaque fois, Steven m'a coupé la parole pour y répondre à ma place.

Steven s'était habillé n'importe comment. Des grosses chaussettes blanches qui plissent dans des mocassins indiens bleu roi (avec des perles jaunes et rouges cousues sur le dessus !), un tee-shirt jaune pâle (qui ne l'a vraiment pas rendu plus intelligent, hélas) avec, par-dessus, une veste moutarde trop longue laissant apparaître d'énormes épaulettes (en mousse ?), un jean moche, sans forme.

J'ai dit au revoir à Liz et à Olga.

– Euh, on pourrait garder la tour Eiffel ? m'a demandé Liz, feignant la timidité.

– Bien sûr, c'est pour vous.

Quand on est sortis du bureau, au bout de peut-être quinze minutes, Steven était tout content de lui. D'ici lundi prochain nous aurions une réponse.

– Si Olga et Liz aiment, et je crois que c'est le cas, elles en feront part aux autres.

C'était avant-hier. Je ne veux rien penser et je me trouve, depuis, tout un tas d'activités qui me changent les idées. Par exemple : récurer ma baignoire. Je frotte comme une folle mais rien n'y fait, j'ai teint l'émail.

Hier je me suis promenée à Beverly Hills, sur Rodeo Drive. Histoire de me convaincre que je suis ici en touriste. J'ai fait les boutiques, je me suis arrêtée pour boire un jus d'orange, j'ai écumé les grands magasins de Wilshire – Barneys, Sacks Fifth Avenue, Neiman Marcus. Pour compenser mon porte-monnaie vide, j'ai essayé vingt paires de chaussures et une trentaine de parfums sur mes poignets, mes bras, mon pull, au point d'en avoir la nausée. La seule façon d'échapper à cet enfer olfactif – créé par moi – était d'être constamment en mouvement. J'ai décapoté la voiture pour rentrer à la maison. À cent à l'heure, on ne sent plus rien.

On est obligés d'attendre la réponse d'Olga Bretman avant d'aller pitcher à d'autres gens, d'autres studios

(Steven a un *first look deal* avec Sony-Columbia, ce qui se traduirait en français par « droit de préférence », par conséquent il doit commencer par eux – s'il veut conserver ses bureaux au sein du studio). Si le projet « ne retient pas leur attention », on ira vadrouiller dans toute la ville avec. Mais tout ça, c'est après lundi prochain.

L'oisiveté, c'est le drame. Il faut absolument que je fasse quelque chose. Je vais me laver les cheveux.

Bon. La vie est formidable et après tout si Columbia foire, il reste encore des tas d'options qui fournissent une raison de se réjouir. En attendant je suis jeune (ou presque), belle (ça dépend), intelligente (pas toujours) et je ne vais pas m'angoisser, gâcher ces instants précieux de ma jeunesse alors que je pourrais rigoler et me balader légèrement.

Mon rêve, ce serait qu'aucun des événements de ma vie ne me dicte mon humeur. J'en serais le seul artisan, la seule responsable, j'aurais fait le choix du bonheur et je sourirais par tous les temps. Il paraît qu'on peut y arriver.

J'ai vu Sonia hier, brièvement. Elle va de plus en plus mal. Elle en a marre de Los Angeles. Comme elle retourne en Espagne dans un mois et demi, je lui ai conseillé de profiter des dernières semaines avec joie. Je suis bien placée pour donner des leçons de joie. Elle m'a confié que ce qui l'angoissait ce n'était ni Los Angeles, ni Madrid, ni Djakarta, ni Tombouctou, mais elle. Elle ne sait pas quoi faire de sa vie, elle ne sait rien, elle se sait douée, intelligente, mais elle manque de force, d'énergie, de confiance. Elle a peur, peur, peur. D'affronter les autres et de s'affronter elle-même. Elle a peur parce que, comme moi, elle a 30 ans, et que par conséquent maintenant elle est obligée de devenir adulte et elle ne veut pas. Elle veut, comme moi, rester une petite fille qui mange des glaces à la fraise au soleil, qui met sa petite bouée canard pour aller se baigner, qui montre son château de sable à des adultes qui vont trouver ça formidable et lui faire un baiser, bravo ma chérie c'est très beau.

À 30 ans, on a tous le même problème : on a 30 ans.

23.

Columbia a dit non. Remarque, le bon côté des choses, c'est que ça va me donner l'occasion d'aller pitcher ailleurs. C'est pas tout de pitcher dans sa salle de bains, pour être une bonne pitcheuse, il faut pitcher sans arrêt. Et à des tas de gens.

Vicky m'a laissé un message aujourd'hui : nous allons reprendre les pitchs la semaine prochaine. Paramount, Warner, Dreamworks, Mandalay, Phoenix, Castle Rock, etc. C'est l'occasion rêvée pour faire des tests de couleurs. Un coup je m'habille en violet et rouge, un autre en bleu et jaune, etc. Et je mesure la différence de résultats avec le colorimètre. (Le colorimètre ou le pitchomètre ?)

Je m'ennuie.

Tourner en rond, en France, ça a un charme fou. Ici, c'est vite désolant – à moins évidemment d'avoir une villa avec piscine sur les hauteurs de West Hollywood, ce qui n'est pas mon cas. À moins aussi de savoir surfer. À Santa Monica, on peut faire du surf toute la journée. Je pourrais aller faire les boutiques, sur Melrose. Ou choisir un *mall* immense et en arpenter toutes les allées. Je les connais déjà tous par cœur. Et puis il y a les mêmes boutiques partout.

J'ai quand même réfléchi à deux autres histoires.

1) Une femme de 65 ans trop seule décide de passer une petite annonce dans un journal pour trouver... un bon ami/ un compagnon de route/ un amoureux. Tandis qu'elle rédige l'annonce, elle se rend compte que 65 ans, ça ne va attirer personne. Elle décide donc d'écrire 25 ans.

Un jeune homme lui répond, et commence entre eux deux une merveilleuse correspondance. Derrière ce jeune homme se cache un monsieur de 70 ans, très élégant, qui lui non plus n'a pas osé dire son âge : il prétend avoir 32 ans.

L'un des deux évoque dans une des lettres la possibilité d'une rencontre et la dame comme le monsieur se mettent d'accord, par correspondance, sur un rendez-vous.

La dame, qui a pour voisine une jeune femme de 23 ans un peu déjantée et franchement attachante (piercing/ hard rock/ un brin cynique/ très jolie/ quelque chose en elle de très enfantin et ravissant) demande à celle-ci de la représenter au rendez-vous.

Le vieux monsieur en fait autant avec son petit-fils.

Les deux vrais-faux jeunes se rencontrent, ignorant qu'ils ne sont pas qui ils sont censés être, et tombent amoureux...

À la fin tout le monde est amoureux et content/ *happy ending.*

Double romantic comedy.

2) Une jeune femme/ tendance vieille fille (25) au physique plutôt ingrat (trop grassouillet/ nez un peu

moche/ cheveux un peu plaqués raie au milieu, robe à fleurs manches ballons un peu laide) est le vilain petit canard de sa famille (nombreuse). Seule sa grand-mère l'aime – et elle adore sa grand-mère. La grand-mère meurt, et lui laisse, en héritage, un livre de cuisine des recettes de la famille, transmis depuis des générations.

À la suite d'un esclandre familial, la jeune femme décide de quitter la maison de ses parents. Elle n'emporte que le strict minimum (poupée de son enfance, chandail, chemise de nuit...) et son livre de recettes. Elle rencontre un gars un peu paumé qui travaille dans un garage comme mécanicien. Il la recueille tandis qu'elle s'est endormie devant sa baraque (petite maison au bord de l'effondrement). Il est d'abord plutôt désagréable avec elle, mais elle n'a pas d'argent, et aucun endroit où aller, et elle lui propose de lui faire la cuisine en échange d'un coin de pièce où elle pourra dormir. Il la trouve laide mais accepte. Elle rate le premier repas, et il est sur le point de la virer, elle le supplie de lui laisser une seconde chance. Elle cuisine toute une journée une recette – tandis que sa grand-mère apparaît de façon magique/mystique dans sa cuisine pour l'aider à préparer la recette. Lorsque le mécanicien se met à table, il s'évanouit de bonheur : c'est extraordinaire. Pendant qu'il travaille, il ne pense plus qu'au moment où il rentrera pour dîner. Petit à petit, il tombe amoureux de Lorraine (il faut qu'elle s'appelle Lorraine, c'est impératif). Et ils décident d'ouvrir un restaurant. Mais c'est très compliqué et le couple rencontre toutes sortes d'obstacles. À la fin, le restaurant fait un carton – *happy ending*.

Je ne conçois plus mes histoires qu'avec un *happy ending*. Hollywood a vraiment déteint sur moi.

Mais comme m'a dit Mason (au téléphone) : « Imagine-toi que tu as un boulot de merde avec un patron qui t'humilie constamment, une femme qui te gueule dessus quand tu rentres à la maison, des enfants qui braillent à longueur de journée et des maux de tête et des angoisses (le loyer, les traites et tout le bastringue). Tu décides d'aller au cinéma, ce qui implique une baby-sitter, au moins cent cinquante balles, ou bien déposer les enfants chez des amis, tout un bordel, bref, un véritable effort, et plus encore quand on voit le prix de la place de cinéma, cinquante balles avec ta femme ça fait cent balles, avec le pop-corn trente balles, et une petite bouffe après pendant qu'on y est, déjà trois cents balles de claquées.

« Réfléchis. Tu as le choix entre voir un film qui va te faire rêver et qui va bien se terminer avec larmes de joie et/ou éclats de rires, et un film angoissant sur un skinhead qui sort de prison et qui va essayer de ne pas retomber dans sa merde d'avant, mais comme il est raciste, il ne peut pas s'empêcher de casser du Noir et ça se termine au tribunal. Quel film tu choisis ? »

Ouf, un truc à faire.

La Public Library de Los Angeles m'invite à la célébration de son cent vingt-cinquième anniversaire, ce soir. Ils ont eu mon nom par le consulat.

Il y a environ deux cents personnes. Dont une centaine d'écrivains américains. J'aperçois James Ellroy. Il claudique. Il est seul. Il a l'air excédé. Je donne mon nom à une hôtesse. Quelqu'un m'emmène. On me présente à Gregory Peck. Il porte un costume en velours côtelé noir. Il a toujours une stature magnifique. Il me présente sa femme. Quel couple ! Elle est aussi belle qu'il est beau. Je meurs d'envie de lui demander : « Alors, qu'est-ce que ça fait de s'endormir et de se réveiller tous les jours de sa vie auprès de l'homme le plus évanouissant du monde ? », mais je me retiens.

On nous emmène tous dans une grande pièce. Pour la photo souvenir. Le photographe répartit les gens par taille. Comme je ne suis pas très grande, on me met en première ligne. À ma droite, une petite Américaine de rien du tout, habillée d'un tailleur doré très voyant (en fils d'or dix-huit carats ?) avec, sur les boutons de la veste, le sigle de Chanel. Elle porte des ballerines dorées. Elle a au moins... 70 ans ? 80 ? Apparemment, on lui a tiré plusieurs fois les traits.

Le photographe nous demande de ne plus bouger, et la petite dame en doré, qui est très très connue dans le monde entier et vend des dizaines de millions de romans à l'eau de rose chaque année, me pousse de sorte qu'elle puisse prendre non pas le dessus mais le devant. Parce qu'elle a bougé, il faut refaire la photo. Elle me lance un regard méchant et elle se met complètement devant moi. Du coup, je ne suis plus ni dans la première rangée ni dans la deuxième. Je m'en fiche. Le photographe vient me chercher pour me replacer là où j'étais, initialement. Ça y est, maintenant la petite bonne femme en doré me déteste.

Après la photo, chacun part « dans sa famille ». Les gens les plus chics de la ville reçoivent chacun deux écrivains. Pour participer à ces dîners littéraires, dont bénéficiera la Public Library, d'autres gens très chics ont accepté de payer six cents dollars par tête.

Une hôtesse vient me remettre une enveloppe. Je l'ouvre : c'est une photocopie d'un plan de Brentwood, avec les indications routières depuis la Public Library. Je suis l'une des deux invitées d'honneur de Paul et Emma G., soixantenaires super jet-set.

Leur maison, à Brentwood, est splendide. La table est mise pour douze personnes : Paul, Emma, huit individus littéraires et charitables, une certaine Noella Friley et moi. Je me renseigne auprès d'Emma (je suis la première arrivée). Noella Friley a écrit un livre de cuisine provençale.

Les individus charitables – ceux qui ont payé six cents dollars – arrivent, les uns après les autres. Ils sont encore plus chics que je ne l'avais imaginé. Ils me posent mille questions sur Balzac, Proust, le Paris littéraire des années vingt, les courants littéraires actuels en France, ils me demandent ce que je pense de Sainte-Beuve, veulent comparer leur point de vue avec le mien sur *Les Chants de Maldoror*, etc.

Ces gens-là ont payé six cents dollars, et je ne suis même pas capable de leur répondre. Si seulement je savais baratiner. Mais là, j'ai affaire à des experts. Même pas une histoire drôle à leur raconter. Je vois bien que je les déçois. Personne ne m'a prévenue. J'aurais révisé.

J'essaie de m'en sortir en déviant le cours de la conversation. En répondant à une question par une question. Il faut que je leur raconte quelque chose que je connais bien, et qui soit un peu palpitant. Gustave Eiffel ? Quelqu'un sonne à la porte.

C'est une grande et grosse dame, très charismatique, avec une poitrine énorme et une voix puissante. Elle dit bonjour à tout le monde, et commence à parler de la Provence. On se met à table.

Deux heures plus tard, elle est encore en train de parler de la Provence. Tant mieux.

Au dessert, Noella me demande qui je suis. Tout le monde se tourne vers moi, et je bredouille que j'ai publié quelques romans. Elle me demande mon nom de famille et ajoute : « Jamais entendu parler. » Elle reprend sur la Provence.

– Je vais vous dire, la tapenade, c'est très facile à faire. La verte comme la noire.

Après le café, on passe au salon. Il est tard et j'ai le sentiment d'être une olive verte. Je sens bien que je ne fais pas le poids. « Racontez-nous quelque chose », me lance Noella, plutôt malveillante (ou alors c'est moi qui suis paranoïaque ? L'un n'empêche pas l'autre, elle est malveillante, et je suis une olive verte). Prise de court, je raconte mon traitement.

L'un des individus charitables m'interrompt :

– Le problème, dans cette ville, c'est que dès qu'on sort dîner quelque part, il se trouve toujours un scénariste pour vous pitcher son histoire. C'est épuisant.

Il soupire.

Je me lève, je leur serre la main. Emma G. me demande si j'habite loin, je lui réponds : « *Downtown*, au cœur du quartier mexicain. » Je lis sur son visage une expression de dégoût.

C'est la dernière fois que j'accepte de dîner avec des gens que je ne connais pas.

24.

Metro Goldwyn Mayer

On nous fait attendre quelques minutes, puis James D. nous reçoit, sans nous serrer la main. Steven n'a pas jugé utile de venir, je suis seule avec Vicky. James D. nous offre un Coca chacune. Il porte une cravate horrible : caca d'oie, avec un cube gris en 3D au centre. Je pose une petite tour Eiffel sur son bureau. Il la déplace sur une pile de feuilles. Je remarque une bouteille de gel antibactérien Body Shop à droite de son téléphone. Je fais mon pitch, mais je vois bien que la seule préoccupation de James c'est que je ne pose pas la canette de Coca à même le verre de la petite table située à ma gauche. Vicky dispose d'un sous-verre, pas moi. Je sens bien que cela contrarie notre auditeur. Le fait de tenir la canette me gêne pour pitcher mais je ne vois pas comment faire autrement. James a déjà l'air tellement anxieux. Il ne nous a pas serré la main parce qu'il a peur des bactéries. Il a peur des rayures sur le verre, et même sur le bois. C'est pour ça qu'il n'a pas dit merci pour la tour Eiffel. Je garde la canette en main pendant toute la durée du rendez-vous. Je suis sûre qu'il ne mange jamais de pain de peur de mettre des miettes sur la table de sa cuisine.

Je rate mon pitch. De toute façon, James nous annonce à la fin que l'histoire ne l'intéresse pas, elle n'est pas du tout son genre. Elle ne colle à « aucune niche marketing », et puis « un film en costumes d'époque ça n'intéresse plus personne ». Il veut savoir si j'ai d'autres idées – un film de science-fiction, une comédie romantique pour adolescents, un film d'horreur ? Vicky pitche son script, une histoire de robots mutants à la recherche d'un quelconque Graal. Il lui demande si elle peut lui envoyer son scénario. Vicky lui serre la main, pas moi, et nous partons, chacune dans une direction différente : Vicky à la Columbia, et moi vers mes appartements.

Village Brotcho

Je ne sais rien de lui. J'imagine un riche Mexicain, vêtu de blanc, avec une ceinture tissée multicolore, une moustache fine et un sombrero. Il exploite la misère de son pays pour faire des superproductions. Il a des carabines accrochées sur le mur de son bureau. Avec l'argent qu'il gagne – des centaines de millions –, il donne des soirées dans sa propriété de dix mille hectares sur les hauteurs de Bel Air. Et invite ses amis sur l'un de ses cinq yachts. Ce petit monde s'arrête à Puerto Vallarta pour une langouste grillée. Un *ceviche* de Saint-Jacques. Une margarita bien frappée. Sur le bateau, il y a des tas de mannequins en bikini. Mais ça ne lui fait ni chaud ni froid. Village les invite uniquement pour ses amis ; depuis trente-cinq ans, il aime la même femme, Carmen Miranda Felice, ils sont toujours aussi fous amoureux l'un de l'autre. Il n'est plus tout jeune. 65 ans ?

Comme convenu, Vicky me retrouve devant Universal. Je monte dans sa voiture, elle se dirige vers le parking du Mexicain. Je vois une petite pancarte qui annonce Village Broad Show productions. Je suis très déçue. Vicky m'explique que la maison de production dispose de huit cents millions de dollars par période de quatre ans pour faire les films qu'ils veulent, par conséquent ils n'ont besoin de personne, ni banques, ni organisme de crédit, ni studio. Ils ne font pas partie de Universal mais ont leurs bureaux juste en face.

Je lui demande si c'est une maison de production mexicaine. Non, répond-elle. Néo-zélandaise.

La veille, je me suis fait faire un henné sur le pied, à Venice Beach. Il remonte le long de mon mollet gauche. La fille de l'accueil a un œil ouvert et l'autre à moitié fermé, à cause d'une paupière ayant manifestement déclaré forfait. Elle remarque mon pied et me demande si le tatouage au henné fait mal. Je lui explique que le henné n'est pas un tatouage mais une application. Je m'assieds sur un petit canapé deux places. Pendant que Vicky est aux toilettes, la fille de l'accueil me confie que j'ai une chance folle d'avoir rendez-vous avec Anton W., numéro quatre de Village Broad Show – « C'est un homme exquis, et un cœur à prendre. » Vicky revient. Elle s'assied à ma droite.

Anton W. vient nous chercher à l'accueil, il nous invite à le suivre dans une sorte de petite cuisine. Il ouvre un petit Frigidaire et propose : « Coca cola, thé glacé ? » Je dis bêtement : « Coca, par cette chaleur, rien ne remplace un Coca frais. » Il me répond, glacial : « Je ne les aime qu'à température ambiante. »

Nous le suivons dans une salle de réunion. Grande table de marbre ovale, baies vitrées avec vue sur les collines de Studio City. Je pose une tour Eiffel sur la table et je fais mon pitch. Il est très attentif à ce que je raconte. On dirait que ça lui plaît. Il me demande si éventuellement je serais prête à transformer Eiffel – veuf, père de cinq enfants – en un célibataire de 30 ans. J'explique que c'est impossible, j'évoque le caractère historique – et donc véridique – du sujet. Il me regarde comme s'il ne comprenait pas ce que je dis là. Je lui rappelle qu'Eiffel a vraiment existé et j'insiste sur le fait que je respecte sa descendance. Il éclate de rire et m'annonce qu'il est d'origine irlandaise et hollandaise et que par conséquent, manquer de respect à un personnage français ne lui pose pas le moindre problème.

– Vous n'allez pas me faire croire qu'Eiffel est important pour vous ?

– Si.

– Au point de lui sacrifier vos opportunités dans cette ville ?

À ce moment-là, Vicky intervient. Elle lui dit que s'il le souhaite, on pourra transformer Eiffel. Je lui lance un mauvais regard, et le type conclut : de toute façon, l'histoire ne l'intéresse pas.

– Les drames historiques, ça n'intéresse plus personne. À moins que ce soit *Braveheart*, ou *Shakespeare in love*. Nous, ce qu'on cherche, c'est thrillers, films d'action, science-fiction, explosions, effets spéciaux, *blockbusters*, kidnappings, assassinats, *serial killers*.

– J'ai un scénario de science-fiction ! s'écrie Vicky.

Avant même que le type ait le temps de réagir, elle déroule son pitch. Quatre minutes et quarante-sept secondes : une vraie pro. Elle promet de lui envoyer son scénario.

(Si, comme elle me l'a confié lors de notre première rencontre, son script, tout le monde se l'arrache, pourquoi diantre a-t-elle besoin de le pitcher à tous ceux qu'elle rencontre ?)

Il demande s'il peut garder la tour Eiffel que j'ai posée sur la table. « Mais oui bien sûr, c'est pour vous. »

En sortant, j'en offre une à la fille de l'accueil (j'ai toujours trois ou quatre tours Eiffel dans mon sac).

Miramax

Je me gare au parking. Je prends l'ascenseur jusqu'au troisième étage. Comme je suis en avance, j'attends qu'il soit l'heure. Un type très maigre d'une vingtaine d'années vient s'asseoir à côté de moi. Il est hilare. Il ne cesse de remuer les doigts de pieds (il porte des sandales ouvertes au bout).

Je croise son regard. Il me fait un grand sourire.

– Ils me l'ont acheté. Ils me l'ont acheté !

– Votre scénario ?

– Non. Mon pitch. Et vous savez combien ?

– Non ?

– Trois cent mille.

– Super. Et vous l'avez pitché à combien de personnes avant qu'on vous l'achète ?

– Je ne l'ai pitché qu'une seule fois. J'étais chez Jones, vous savez, en face du Formosa Café. Je buvais une bière tranquillement. Un type vient s'asseoir à ma droite. Il est seul, je suis seul, alors on discute. Je lui dis que j'habite à deux pas, et que je viens ici boire une bière de temps à autre pour me détendre. Il me demande si j'ai une histoire dans mes tiroirs, alors je lui raconte mon rêve de la veille. Mon rêve, je veux dire mon cauchemar. Il y avait des aliens partout. Mais c'étaient pas des aliens classiques, c'étaient des mutants à cinq branches. Aussitôt il prend une serviette en papier et il m'écrit un contrat dessus. Je signe, et voilà.

– Alors avant ça vous ne l'aviez pitché à personne ?

– Non. Vous savez, je ne suis pas scénariste.

– Et vous n'aviez même pas répété ?

– Pourquoi répéter ? Ce qui est fort, au contraire, c'est la spontanéité.

– Bien sûr.

– Il m'a appelé ce matin pour me dire qu'il avait dégagé un rendez-vous. Je rencontre tout le *staff*. Super cool, non ?

– Super cool.

Vicky n'est toujours pas là. Comme il est l'heure, je me présente quand même à l'accueil.

On me répond que le rendez-vous a été annulé. J'appelle Vicky à son bureau : elle le savait, mais elle a oublié de me prévenir. Elle s'excuse. Je dis au revoir au type hilare et je m'en vais. Il a sûrement raison, ce qui paie le plus, c'est la spontanéité.

Pour sortir du parking, je dois payer huit dollars.

Fox

Vicky et moi traversons trois petits jardins. Horreur : il y a des Porsche bleu marine cabriolet garées partout. On attend une bonne demi-heure. Vicky se lime les ongles, enlève ses boucles d'oreilles, les remet. Je me ronge les ongles. Une secrétaire nous emmène dans un bureau. Nous attendons encore cinq minutes. Une deuxième secrétaire prend le relais pour nous emmener dans un autre bureau. Elle frappe, on entend un faible « *Come in* », nous entrons. La femme qui nous reçoit a 40 ans. Elle est très jolie, et magnifiquement habillée. Elle porte une bague de joaillier somptueuse. Le bureau est décoré de tableaux, plus beaux les uns que les autres. Sur une étagère trône la photo d'un petit garçon de 3 ans. Elle nous dit bonjour. Elle n'a aucune expression sur le visage. Quand elle parle, ses lèvres remuent à peine.

Je commence mon pitch. Elle ne m'interrompt pas mais fronce les sourcils. Quelle idée idiote j'ai eue d'écrire ce traitement. Quelle idée stupide de partir aux États-Unis. J'aurais dû aller en Inde. En Bolivie. En Birmanie. Personne ne m'aurait jamais retrouvée. J'accélère, j'essaie d'y mettre autant de passion que possible. Voilà, j'ai fini. Elle bredouille quelque chose mais je ne comprends rien : elle n'articule pas. Est-ce qu'elle a eu une paralysie du visage ? Cette impassibilité traduit-elle un profond ennui de son métier ? Elle fait non de la tête. Elle ne fait plus que ça, remuer la tête de gauche à droite et de droite à gauche. Je me lève, elle me tend la main comme Sissi impératrice, je la serre, Vicky fait pareil, on s'en va.

Mandalay

11 heures tapantes. Il fait une chaleur de bête et l'air conditionné de ma voiture ne fonctionne pas. Je rêve de décapoter, mais si je décapote, j'arriverai décoiffée. Je n'ai pas emporté avec moi mon peigne ou ma brosse. Ouvrir les fenêtres. Rester calme.

Vicky et moi nous sommes donné rendez-vous chez Mandalay, sur le « lot » Paramount.

Quand j'arrive sur le parking de Paramount, je suis en sueur. Je transpire des bras, du cou, des seins, des fesses, des pieds, des cuisses, des genoux et même des poignets. Je sors un paquet de Kleenex de mon sac et j'essaie d'essuyer, tant que je peux.

Midi moins le quart, midi moins cinq, midi cinq. Vicky n'est toujours pas là. Je me présente à l'accueil, et

Tracy me reçoit. Elle m'offre un Coca-cola très frais en disant : « Par ce temps, rien de tel qu'un Coca très frais. » Enfin quelqu'un de normal. Je la suis dans une salle de conférences qui doit mesurer quatre mètres carrés et nous commençons à discuter.

Vicky apparaît, essoufflée, avec ses tongs Donna Karan et son vernis argenté sur les ongles de pieds. Elle ne me dit même pas bonjour et commence à brancher Tracy sur les projets à venir de Mandalay. Tracy lui raconte les films en cours de production. Vicky se met à parler de son script. Je regarde le papier peint. Je regarde ma montre. Il faudra que je la nettoie. Maintenant, au moins, c'est clair : Vicky profite de mes rendez-vous de pitch pour placer le sien. De temps à autre, Tracy se tourne vers moi, mais Vicky ne cesse de relancer la conversation en disant des trucs du genre : « Et Michael, tu sais, Michael Owens, il travaille toujours avec vous ? »

– Oh ! non, il est parti l'année dernière.

– Ah bon ?

– Oui, il est passé chez Universal. Il s'occupe du merchandising je crois.

– Et Peter, son grand copain Peter ?

– Peter qui ?

– Peter Greensberg ou Greensburg...

– Ah ! oui, Peter... Je ne sais pas où il est.

– J'avais travaillé avec lui sur un film pour H.B.O., qu'est-ce qu'on s'était marrés.

Tracy tout à coup se tourne vers moi.

– Alors, cette histoire ?

– Quelle histoire ?

– Vous êtes là pour nous pitcher une histoire, non ?

– Si si, bien sûr.

Le pitch se passe affreusement mal. Je n'arrive plus à parler anglais, je ne parviens plus à faire mes phrases, je suis excédée par Vicky, par le climat, par le principe du pitch. En plein milieu de la présentation je baisse les bras. J'annonce à Tracy que je n'ai rien à dire et qu'après tout elle n'a qu'à le lire, ce foutu traitement. Je sens le sang qui me monte à la tête. Je ne contrôle plus rien. Je sors, sans même dire au revoir. Vicky me regarde avec incompréhension – avec son air de poisson tropical.

Deux minutes après, elle me rejoint dehors. Je me sens minable, j'ai chaud et je m'en veux de mon incapacité à maîtriser mes angoisses. Je me défoule sur elle, cible facile, en lui faisant toutes sortes de chantages et en lui reprochant tous mes malheurs. Elle me répond calmement que ce n'est pas elle qui vient de bousiller le pitch en piquant une crise de nerfs. Je lui dis que je la déteste, et que de toute façon, je vais changer de producteur.

J'ai passé tout mon jeudi à pleurer jusqu'à 3 heures du matin, à me détester et à vouloir me casser la gueule. Le lendemain matin je téléphone à Vicky pour lui présenter mes excuses. Elle me répond, laconique : « Pitcher, c'est une épreuve. » Pas pour tout le monde, apparemment.

Amblin

Amblin est installé dans une petite maison qui ressemble à une maison de campagne, ou à celle d'Hansel et Gretel, en plein milieu des petits immeubles du « lot » Universal. Les portes en bois sculpté sont belles comme tout et ont au moins deux cents ans. On s'assied dans un canapé chaleureux – le cuir, brun, est vieux et souple. On se croirait dans la maison de vacances de

Ralph Lauren, mélange subtil d'*East Coast* et de Nouveau-Mexique. On sent que tout a été chiné avec amour. Dans la petite cour intérieure, c'est buffet. On se croirait au Club Méditerranée. Je demande à l'accueil s'il y a un lunch particulier, un cocktail, une réception. Une hôtesse me répond que le buffet est là tous les jours. M. Spielberg tient à ce que les repas restent un moment de détente vraiment convivial. Tous les employés, du plus petit au plus grand (Steven, donc), chaque jour, y sont conviés. L'atmosphère est familiale et raffinée. L'hôtesse me confie que Spielberg a tout décoré lui-même.

Patrick L. nous reçoit sans nous faire attendre. Il est charmant. Il me met tout de suite à l'aise en me disant qu'il adore la France, Paris, le Sud-Ouest, la culture française, et que ses deux enfants sont inscrits au Lycée français de Los Angeles. Il me met tellement à l'aise que j'en perds toute contenance. Je ne sais pas s'il faut que je sois spontanée, agressive ou efficace. Lui est spontané, intelligent, gentil. J'essaie de ne pas lui faire trop perdre son temps, je lui passe les détails et raconte l'histoire dans les grandes lignes. Il prend des pincettes et m'annonce, le plus délicatement du monde, que c'est un trop gros budget pour eux, compte tenu de la « marketabilité » du sujet. Il me demande si je compte rester longtemps dans la ville et m'invite à lui présenter d'autres pitchs dès que je le souhaiterai. Il me remercie d'avoir pris la peine de faire la route jusqu'ici. Vicky tente de lui pitcher son histoire, il l'interrompt. Il nous raccompagne jusqu'à la cour intérieure, et nous propose de prendre quelque chose au buffet, histoire de ne pas repartir le ventre creux. Nous le remercions, nous lui serrons la main. Vicky louche sur de la macédoine de légumes, moi je veux rentrer à la maison. Nous nous séparons.

Il y a des gens formidables, à Hollywood. Suffit de savoir lesquels.

Warner

Je suis toute seule. Ça fait bien longtemps que mon producteur/harceleur n'assiste plus à mes pitchs, et Vicky avait autre chose à faire. Je m'en fiche, maintenant je suis rodée.

Je suis reçue par trois personnes. Une femme de 35 ans, habillée d'un tailleur-pantalon en crêpe noir, une jeune femme, 25 ans à tout casser, vêtue d'un tailleur-pantalon en crêpe noir, un jeune type de 30 ans en costume noir. Pas de temps à perdre en présentations, je sors une tour Eiffel (je sais bien que ça commence à devenir ridicule) et je pitche direct. La jeune femme prend des notes.

À la fin, c'est le verdict. Toujours le même.

C'est sûr, il n'y a pas d'effets spéciaux. Ni de scènes de match de base-ball. Ni de poursuites de voitures. Personne ne se fait kidnapper. Pas une soucoupe volante dans le ciel ou sur la terre. Est-ce que je n'aurais pas plutôt intérêt à transformer mon script en : *Les habitants de la planète Gneon souhaitent envahir la Terre. Une nuit, ils débarquent sur la tour Eiffel pour la prendre en otage, et avec elle, la planète tout entière.* Non, ça n'allécherait pas plus les Américains. Pour leur plaire il faudrait que ce soit la statue de la Liberté ou le Washington Monument qui soient attaqués. Ou la N.A.S.A. Eiffel, ça ne remuera jamais les tripes de l'Amérique.

Gustave ?

– Je suis là.

– Gustave, on est mal barrés

25.

Incroyable. La présentation à Paramount s'est merveilleusement bien déroulée. J'étais sur place la première, comme toujours. La secrétaire de Mina Bernstein m'a fait patienter avec un thé glacé à la pêche délicieux. Mina Bernstein est arrivée quelques instants plus tard. Je l'ai félicitée sur le thé à la pêche (qu'est-ce que j'ai à perdre, maintenant, plus rien), elle est partie dans une explication farfelue et très amusante sur le choix des boissons rafraîchissantes dans le cadre du travail. Le Coca énerve trop, le café c'est pire, le cappuccino fait grossir, le vin les endort, le jus d'orange est trop sucré, etc. Physiquement, Mina me ressemble étrangement. La même taille et exactement le même genre de visage que moi. Peau claire, taches de rousseur. Mêmes yeux, même bouche, mêmes sourcils. Même couleur de cheveux, même longueur aussi. Seule différence : sa frange.

Forcément, nous nous sommes trouvées très sympathiques.

Elle a demandé à sa secrétaire un thé à la pêche, et Vicky a fait son entrée, en retard, comme à l'accoutumée, et, toujours comme à l'accoutumée, elle a commencé à parler de *son* script. Mina l'a interrompue poliment pour recentrer le débat sur le pitch du jour. Vicky m'a donc laissé la parole. Molly a apporté le thé à la pêche, Mina lui a fait signe de s'asseoir. Molly a attrapé un bloc et un stylo. C'est donc elle qui prendrait des notes.

J'ai sorti une tour Eiffel de mon sac, l'ai posée sur la table basse. (L'avantage de poser une tour Eiffel sur la table, c'est que ça permet de détourner l'attention, on regarde l'objet, pendant ce temps-là tous les yeux ne sont pas braqués sur moi, je gagne un instant de répit. En anglais, ça s'appelle un *release object.*)

Vicky et moi étions assises côte à côte sur le canapé ; en face de nous, sur deux fauteuils de velours gris, Molly et Mina. J'ai commencé mon pitch.

– D'un bout à l'autre de la planète, tout le monde connaît la tour Eiffel. Tout le monde sait où elle est, et ce qu'elle est. Mais qui connaît l'histoire qui se cache derrière la construction de cet extraordinaire monument ? Et qui connaît Gustave Eiffel, son créateur ?

(Mina et Molly m'écoutent attentivement.)

– En 1863, Eiffel est un jeune homme. Il vient de terminer ses études de chimie à l'École centrale et s'apprête à reprendre l'usine de son oncle, Mollerat. Mais Mollerat s'est brouillé avec les parents d'Eiffel, et a changé d'avis quant à la succession de son entreprise. Le jeune Gustave n'en héritera plus. Et cela compromet non seulement la carrière du jeune Eiffel… mais, plus grave, ce changement retentit sur son avenir amoureux.

(Je reprends mon souffle.)

– Depuis longtemps déjà, Gustave Eiffel aime une jeune fille, Amélie. Il est rentré à Bordeaux pour demander sa main. Il l'a vue, et lui a offert un poudrier gravé d'un A. Le père d'Amélie, au courant des derniers développements de l'héritage Mollerat, a décidé de marier sa fille à un homme plus fortuné. Eiffel, qui vient de se dégoter un petit travail dans une fonderie d'acier, présente ses projets au père d'Amélie. Il pense gagner raisonnablement sa vie. Suffisamment pour subvenir aux besoins du ménage. Le père refuse catégoriquement, et se moque d'Eiffel. L'acier, ça ne le mènera pas loin. De toute façon, il perd son temps, un mariage a déjà été arrangé, avec un autre.

(Mina et Molly semblent attristées par cette nouvelle, tant mieux.)

– Vingt-cinq ans plus tard, Eiffel est l'ingénieur le plus célèbre et le plus célébré de France, et du monde.

(On ne lésine pas. Il faut les impressionner.)

– Il a construit des ponts dans le monde entier, des gares, des bâtiments extraordinaires ici et là, du Vietnam au Portugal. C'est à lui que l'on doit la structure de la statue de la Liberté : sans Eiffel, elle serait tombée dans l'eau il y a déjà longtemps.

(Mina et Molly me regardent en ouvrant la bouche à demi – visiblement, elles l'ignoraient.)

– Tout lui réussit, et l'on se bat pour l'avoir à dîner dans cette société du Paris fin de siècle. Eiffel a 50 ans. Il est veuf – après s'être résigné à un mariage de raison, qui lui a donné cinq beaux enfants. Son existence se résume à son rôle de père et à son entreprise, qui accapare les trois quarts de son temps. Il n'a personne dans sa vie.

(Une gorgée rapide de thé à la pêche. Je vais dépasser les quatre minutes, je m'en fiche.)

– Nous sommes en 1886 et le ministre du Commerce souhaite organiser une Exposition universelle pour célébrer le centenaire de la Révolution française – 1789 – et montrer au monde entier la vitalité économique et l'avance industrielle de la France, malgré la défaite de

1870 – contre la Prusse –, une défaite particulièrement humiliante.

(Est-ce que je leur parle de l'Alsace-Lorraine et des cinq milliards de francs-or ?)

Lockroy – le ministre du Commerce – rêve d'un monument qui coifferait au poteau tous les autres. Un monument qui témoignerait d'une inventivité et d'une supériorité technique françaises. Le premier nom qui lui vient à l'esprit, c'est Eiffel. La procédure veut qu'un concours soit ouvert. Il y a beaucoup d'argent à se faire, et des entrepreneurs ayant eu vent de la rumeur de concours arrivent dans la capitale. Parmi eux, Berteaux, un entrepreneur plutôt arriviste ayant fait fortune dans le sud-ouest de la France. Il n'a pas hésité à déménager ses meubles et sa famille à Paris, pour tenter sa chance. Il est l'homme qu'Amélie a été forcée d'épouser. Ils ont deux enfants, de 5 et 9 ans.

Lors d'un déjeuner au Grand Véfour – où Eiffel traite d'une affaire avec un client – Amélie débarque, accompagnée d'une amie. Eiffel n'en croit pas ses yeux, il renverse son verre d'eau sur son pantalon.

(Qu'est-ce qui me prend de raconter des détails aussi ridicules ?)

– Amélie est sur le point de s'évanouir. Elle préférerait la table du fond mais son amie insiste pour avoir une vue. L'amie a le dernier mot, et les voilà assises en face d'Eiffel. Eiffel la regarde fixement, tandis qu'Amélie, bouleversée, garde les yeux baissés.

(Mon pitch est trop détaillé, je vais dépasser les six minutes, il faut que j'accélère, les grandes lignes et seulement les grandes lignes dès la fin de la description de cette scène.)

– Pendant que son amie, bavarde, continue sa logorrhée, Amélie relève la tête. Gustave et elle se dévorent maintenant des yeux. Ils voudraient se parler. Ils ne le peuvent pas.

(Allez, je prends ma voix la plus solaire pour leur rappeler l'essentiel.)

– Nous sommes au XIXe siècle, ces choses-là ne se font pas. Une femme risque son honneur, sa réputation, presque son mariage à parler avec un homme qui n'est pas son mari.

(J'y suis allée un peu fort, trop tard.)

– Qu'est-ce qu'elle peut faire ? demande Mina, visiblement anxieuse.

– Elle sort de son sac son poudrier. C'est celui que Gustave lui a offert, vingt-cinq ans auparavant. Elle l'ouvre et feint de se regarder un instant.

– Mon Dieu ! s'écrie Mina.

– Mon Dieu ! répète en écho Molly.

(Ça marche – je pense avoir mis un maximum d'émotion dans le récit, maintenant je peux passer à la suite. Mais le téléphone sonne. Merde, imprévu. Mina répond brièvement, puis elle détourne sa ligne sur le répondeur de Molly. Elle ne veut plus être dérangée, dit-elle. Ouf. J'ai failli perdre le fil.)

– Eiffel soudoie un serveur du restaurant pour obtenir l'adresse d'Amélie : « Suivez-la si nécessaire. » Il se cache devant son hôtel particulier jusqu'à ce qu'elle en sorte. Ils se donnent rendez-vous au Champ-de-Mars. Elle n'a jamais cessé de l'aimer. Elle a suivi sa carrière autant qu'elle le pouvait. Il ne l'a jamais oubliée. Mais elle lui rappelle qu'elle est mariée : ils ne peuvent pas se revoir. Pour Eiffel, c'est inadmissible. Perdre une deuxième fois la femme de sa vie, il ne le supporterait pas.

(Une gorgée de thé.)

– Le concours est ouvert. Eiffel dépose son projet – en réalité le projet de deux de ses ingénieurs, Koechlin et Nouguier, qu'il a amélioré, fait redessiner par son designer Sauvestre. Le projet de tour de mille pieds ressemble maintenant étrangement à un A, celui du poudrier d'Amélie. Berteaux, quant à lui, s'est fait des complices, dont Kerautem, le secrétaire du ministre, qui lui a révélé les plans de la tour d'Eiffel. Berteaux dépose au concours la tour de son architecte, Bourdais, projet qu'il juge mille fois supérieur à celui d'Eiffel. D'autres ingénieurs, entrepreneurs et architectes participent au concours. Le comité délibère, et malgré son noyautage actif par Berteaux, à une voix près, Eiffel remporte le concours : son projet coûte un million et demi de francs, tandis que celui de Bourdais est estimé à vingt et un millions. Berteaux, furieux, entreprend un travail de propagande contre le projet d'Eiffel. Mais c'est lorsqu'il découvre que sa femme voit son rival que Berteaux se déchaîne. Il ne va avoir de cesse de nuire à Eiffel.

(J'ai bien fait de m'habiller en violet.)

– Mais d'abord il signe une décharge autorisant des médecins à enfermer Amélie dans un asile. Amélie saute du train en marche : elle ne supporterait pas d'être séparée de ses enfants.

Berteaux a les moyens de sa méchanceté. Il réussit à monter la ville entière contre Eiffel et sa tour. Elle défigurera Paris pour toujours. Elle s'écroulera, faisant des milliers de morts – il trouve même un mathématicien qui explique à la presse en quoi le projet ne tient, littéralement, pas debout. Il fait saboter la tour – en conséquence, un ouvrier tombe du premier étage et meurt sur le coup, ce qui entraîne une grève des ouvriers de la tour. Ils réclament une augmentation. Il faut que vous compreniez qu'à cette époque, personne n'est jamais monté aussi haut. La tour Eiffel est restée, pendant plus de trente ans, la tour la plus haute du monde. Eiffel ne se démonte pas, il engage de nouveaux ouvriers. Cette tour, il la construira. Lui qui n'a pas le droit d'exprimer son amour se battra jusqu'au bout pour dessiner ce grand A dans le ciel de Paris.

(Molly a les larmes aux yeux. Mina n'a pas l'air du tout dans son assiette. Gustave, je sais que tu es là. Tu as mis de la poudre de perlimpimpin dans leur thé à la pêche, alors elles sont tout émues. Merci mon Gustave, je te revaudrai ça.)

– Et alors, que se passe-t-il entre Eiffel et Amélie ? demande Mina, inquiète.

– Berteaux, qui avait juré que la tour était, techniquement parlant, une absurdité, voit ses prédictions confirmées. Tandis que des ouvriers construisent le deuxième étage de la tour, un jour de grand vent, l'un d'entre eux remarque qu'il y a du jeu. Eiffel est immédiatement mis au courant. Il interrompt aussitôt la construction. Ses ennemis avaient raison : son projet n'est tout simplement pas au point. Il pourrait s'effondrer et causer des milliers de morts. Eiffel cherche une solution technique, il se livre aux équations et aux calculs les plus fous, sans résultat. Terrifié de son impuissance à résoudre ce problème technique – de taille, puisqu'il remet en cause la tour –, Eiffel disparaît. Quelques jours plus tard, son manteau est repêché dans la Seine. Les journaux annoncent son suicide.

(Molly et Mina ont la bouche ouverte. Gustave, Gustave !)

– Dites-moi qu'il n'est pas mort, je vous en prie, demande Molly.

– Il n'est pas mort.

– Et sa veste, alors ? demande Mina.

– Il s'en était défait pour en recouvrir une clocharde qui avait froid.

(Je reprends.)

– Berteaux se frotte les mains et suggère au gouvernement qu'un comité statue sur le sort de la tour. Tous se mettent d'accord pour la détruire, tous sauf le ministre du Commerce qui ne peut pas croire au suicide d'Eiffel et réclame encore un peu de temps. Amélie quant à elle ne peut pas davantage croire à ce suicide.

– Où est-elle ? demande Mina.

– Chez elle, son mari l'a cloîtrée dans une chambre. Elle n'a pas le droit d'en sortir. Au beau milieu de la nuit, et malgré les sévères avertissements de son mari (si elle tente de revoir Eiffel une fois il l'enverra au loin pour toujours et elle ne reverra jamais ses enfants), elle fait le mur. Malade, échevelée, Amélie court jusqu'à la tour. Même à demi construite, elle est splendide. Amélie en gravit chacune des marches. Là, elle trouve Eiffel.

– Que se passe-t-il entre eux ?

– Scène d'amour. Scène d'amour sur la tour à moitié construite, et comme on vient de découvrir l'électricité, la ville est éclairée. Évidemment c'est une scène pudique. Pas question de dévoiler quoi que ce soit. L'érotisme doit être suggéré et non montré. La passion doit s'exprimer sur les visages, par les mains. Les mots, les souffles. Pas de vulgarité.

(Soupir de soulagement de Mina et de Molly – et de moi, par la même occasion.)

– Eiffel a trouvé la solution à son problème technique.

– C'est quoi, le problème technique ?

(J'avais prévu le coup. Maintenant, ça devient de la mythomanie complète. Gustave, j'espère que tu n'es pas fâché.)

– Eiffel s'imaginait que le métal devait être plus lourd, plus épais à mesure que la tour s'élevait. Il découvre que c'est le contraire : pour diminuer la résistance au vent, il faut que les arêtes de métal soient les plus fines possible.

– Mais oui, bien sûr.

– Amélie rentre chez elle pour reprendre le cours de sa vie, confinée dans les huit mètres carrés de sa chambre.

(Je sens bien que je leur fais de la peine avec Amélie. Allez, la scène de la fenêtre.)

– Un jour, par la fenêtre, elle voit le sommet de la tour Eiffel dépasser derrière un immeuble. Elle étouffe un cri de joie : il a réussi. La construction de la tour s'achève, et le jour de son inauguration, les Parisiens, les chefs d'État en visite, tous lui font un triomphe.

– Et Berteaux ? demande Mina.

– Berteaux est informé qu'on va venir l'arrêter pour sabotage. Un temoin a parlé. Il réunit quelques affaires. Lui, sa femme Amélie, la gouvernante et leurs deux enfants s'enfuient en calèche. Mais la ville est en effervescence, les Parisiens sont tous dans la rue, à danser et chanter à la gloire de la tour de M. Eiffel. La calèche a le plus grand mal à progresser dans les ruelles et les avenues. Les gendarmes rattrapent Berteaux. Il est arrêté, on le fait descendre de la calèche. Et là nous avons deux fins possibles.

– Comment ça ?

– Soit ça finit bien, c'est-à-dire qu'Amélie et Eiffel finissent ensemble. Soit ça finit *bitter-sweet*, ce que souhaite Steven, mon producteur, et Amélie reste avec son mari, qui, du coup, ne se fait pas arrêter mais réussit à s'enfuir à temps. Dans ce dernier cas, il faudrait qu'Amélie se soit rendue sur la tour Eiffel pendant que Berteaux faisait les bagages, et qu'elle revienne à la maison juste avant que la calèche prenne le départ. À son retour, l'un des enfants dirait : « Maman, j'ai cru que tu ne reviendrais jamais. » L'idée étant qu'elle est allée voir Eiffel une dernière fois, et qu'il lui a dit qu'il l'aimait follement mais qu'il ne pouvait pas lui demander de renoncer à ses enfants. Vous suivez ?

– Oui oui, très bien. Personnellement, je préférerais qu'ils finissent ensemble, a dit Mina.

– Moi aussi, a dit Molly.

– Je suis tout à fait de votre avis, a ajouté Vicky.

Nous avons bu chacune une gorgée de thé à la pêche.

– Laissez-moi quand même vous poser une question.

– Bien sûr.

– Quelle est la part de vrai dans cette histoire ?

– Soixante-dix pour cent.

(Je me demande s'il y a même trente pour cent de vrai dans mon pitch. Si le film se fait, je vois déjà tout le monde me tomber dessus. Pas grave. Je prendrai un pseudonyme. Félix Potin ? Guy Degrenne ? Personne en France ne saura jamais que c'est moi qui l'ai écrit.)

– Vous pourriez m'expliquer les trente pour cent ?

– Lesquels ?

– La part de fiction.

– Oui, bien sûr. Amélie ne s'appelait pas Amélie, j'ai cherché partout, je n'ai pas trouvé son prénom. Mais elle a existé. Je veux dire par là qu'Eiffel a aimé une femme quand il était jeune, et qu'on a refusé de lui donner sa main parce que son avenir ne semblait pas suffisamment prometteur. Ensuite, Berteaux. Avant et pendant la construction de la tour, Eiffel a eu des dizaines d'ennemis très influents, intelligentsia, etc. J'ai compilé tous ces gars-là pour fabriquer un adversaire unique. Je laisse néanmoins dans l'histoire les calomnies faites par l'intelligentsia parisienne de l'époque. Voilà, c'est à peu près tout. Quelques raccourcis politiques. Le reste est à peu près authentique.

– Et l'histoire de sa disparition, le suicide ?

– Véridique. Eiffel a vraiment disparu pendant quelques jours, en proie à des difficultés techniques dont il n'avait pas encore la solution.

– Vous pensez que ça choquerait des gens qu'on fasse un film sur un personnage ayant existé, avec trente pour cent d'inventions ?

– En France, sûrement. Mais en prévenant par un avertissement du genre « librement adapté de la vie de Gustave Eiffel », ça ne devrait pas poser trop de problèmes.

(Aïe aïe aïe.)

– Il a des descendants ?

– Oui. J'ai essayé de les joindre, mais sans succès. Et j'ai contacté au moins vingt fois la S.N.E.T.E, Société nouvelle d'exploitation de la tour Eiffel, et ils ne m'ont jamais répondu non plus. De toute façon, même si on reste absolument collés à l'histoire, la vraie, il se trouvera toujours quelqu'un pour critiquer. En France, j'entends. Nous autres, Français, on a ça dans le sang. Alors autant annoncer que c'est librement interprété et s'en donner à cœur joie, non ?

(Qu'est-ce qui m'a pris de dire ça ?)

– Absolument. Et puis vraie ou fausse, moi j'adore cette histoire.

– Il faudrait que vous la lisiez. Il y a des tas de scènes que je ne vous ai pas racontées et qui sont... comment dire... assez...

– Je vais lire.

– Bon, a dit Vicky, il faut que je vous laisse, j'ai un rendez-vous.

Molly et Mina se sont levées pour lui serrer la main. Vicky est partie, je suis restée.

– Et vous verriez qui dans le rôle d'Eiffel ?

– Liam Neeson.

– Et dans le rôle d'Amélie ?

– Aucune idée.

– Juliette Binoche ?

– Aucune idée.

– Bon. Vous pourriez revenir la semaine prochaine pour pitcher à Robert Wile ?

– Robert Wile ?

– C'est mon associé. Il est réalisateur. Il a réalisé et produit une vingtaine de films télé, et trois longs métrages. Le dernier a rapporté plus de cent cinquante millions de dollars, alors la présidente du studio l'a à la bonne. Pour son prochain long métrage il a carte blanche. Vous me suivez ?

– C'est Gustave qui va être content.

– Gustave ?

– Gustave Eiffel.

– Vous appelez Molly cet après-midi pour confirmer ?

– Bien sûr.

– Ravie, enchantée de vous avoir rencontrée.

En sortant du rendez-vous je passe par la boutique du studio. Je m'achète deux tee-shirts Paramount. La montagne enneigée encerclée par vingt-trois petites étoiles. Un bleu, un mauve. Il faut continuer, avec les couleurs.

26.

Steven est rentré de son séjour en Angleterre et au lac de Côme. Je ne savais même pas qu'il s'était absenté. Il m'a téléphoné cet après-midi. Vicky l'a mis au courant des derniers développements. Je lui ai dit qu'on avait rendez-vous demain pour pitcher à Robert Wile. Ce ne sera pas vraiment un pitch puisque ce dernier a déjà lu le traitement, et qu'il l'adore. Comment je sais qu'il l'adore ? Mina Bernstein m'a téléphoné pour me le dire.

Steven est un peu bizarre au téléphone. Il est tout timide.

– Il faut que je vous avoue quelque chose.

– Quoi ?

– À propos de Robert Wile.

– Quoi ?

– J'ai eu une histoire avec sa femme.

– Quand ?

– Oh ! il y a longtemps. Une dizaine d'années. On est restés ensemble trois ans.

– Rien de mal jusque-là.

– Après quoi elle m'a quitté, pour Robert.

– Je ne vois pas où est le problème. Robert devrait plutôt vous en être reconnaissant, non ?

– C'est que...
– Quoi ?
– Ça ne s'est pas toujours très bien passé.
– Rien de dramatique ?
– Non, non. Mais, comment dire... Je ne voudrais pas que le fantôme de cette histoire d'amour puisse nuire au projet.
– Le fantôme de votre histoire d'amour ? Steven, je vous ai connu plus direct.
– Il faut que je vous dise. J'ai changé de nom.
– Tiens donc, et pourquoi ?
– J'étais un acteur un peu... looser, et quand j'ai commencé ma carrière de producteur, j'ai pensé qu'il valait mieux faire table rase du passé. J'ai pris le nom de jeune fille de ma grand-mère. Et le prénom de mon père.
– C'est quoi votre vrai nom ?
– Nick Martini.
– Nick Martini ?

Si j'avais su que Steven s'appelait Nick Martini, je n'aurais jamais signé de contrat avec lui. C'est pas crédible un nom pareil. Ça fait mafieux, gangster, trafiquant de drogue. C'est ridicule. Série B. Limite film porno.

Steven ressent une culpabilité étrange qui me laisse croire qu'il ne me dit pas tout. La conclusion de cette situation vaudevillesque est que :

– Steven hésite à dire à Robert qu'il a été l'amant de sa femme ;
– s'il le dit Robert ne pourra pas le saquer et virera le projet ;
– s'il ne le dit pas et que Robert le découvre, la nouvelle aura peut-être l'effet d'une bombe – pas mieux ;
– Steven hésite à assister à la réunion de demain.

Il m'a demandé conseil. Je lui ai d'abord suggéré de tout dire dès maintenant (très réaliste ce « Bonjour, oui c'est moi le gars qui s'est tapé ta femme pendant trente six-mois avant que tu la rencontres. Tu peux me remercier, si je ne l'avais pas larguée, aujourd'hui t'aurais l'air d'un con. Peut-être que si je ne l'avais pas larguée c'est toi qui aurais épousé la nièce du milliardaire, et moi je serais un réalisateur à succès, si ça se trouve, tu me dois tout, va savoir »), puis je l'ai rappelé trois minutes après. C'était il y a treize ans, qui s'en souvient ? Autant se taire.

Voilà. Je pose une tour Eiffel sur la table basse du bureau de Robert Wile. Steven est venu. Il est très bien habillé, et vraiment délicieux. Quand je pense qu'il s'appelle Nick Martini, ça me donne envie d'éclater de rire. Je me tiens bien. Vicky a changé la couleur de son vernis à ongles. Turquoise clair. Robert est tellement heureux de me rencontrer qu'il m'embrasse sur les deux joues. Il nous annonce de but en blanc qu'il veut faire ce film. Il a pris rendez-vous pour la semaine prochaine avec la présidente du studio. Nous irons tous les cinq, mon petit groupe, Robert et Mina. Il me semble que Robert Wile ressemble terriblement à Gustave Eiffel. Steven a la même pensée que moi. Est-ce que Gustave s'amuse à jouer à « ma sorcière bien-aimée » ?

(C'est ça, bien sûr, et moi je suis Tabatha.)

Robert Wile voit Liam Neeson dans le rôle d'Eiffel. Robert est un type tellement chic et respectueux que je souhaite de tout cœur qu'il remporte le projet. Je pitcherai et Robert interviendra pour donner sa vision de certaines scènes.

Robert Wile préfère que je pitche l'histoire avec un *happy ending*. J'adore ce type.

Je retrouve Mina, Robert, Vicky et Steven devant le building principal. On entre, tous ensemble, dans le bureau de la présidente. Je me sens bien. Je me suis habillée exactement pareil que la dernière fois avec Mina et Molly. J'ai les cheveux attachés avec un ruban rouge. Je me suis acheté un poudrier Estée Lauder – et y ai fait graver un A. Les pieds de la table basse sont en métal, très eiffeliens.

Le pitch se déroule encore mieux qu'avec Mina et Molly. Je pose la tour Eiffel sur la table. Au moment de décrire la scène du restaurant, j'hésite à sortir le poudrier. Non, la tour, le poudrier, c'est trop.

Je continue, je termine. Une minute de silence. La présidente m'accorde un beau sourire.

– Voilà, c'est ça le film que je veux faire, ajoute Robert Wile avec un aplomb considérable.

Je cherche une raison de m'inquiéter, je n'en trouve pas.

La présidente demande à Steven combien coûterait le film, d'après lui.

– Soixante millions de dollars.

(On est loin des deux cents millions annoncés l'année dernière par une Française neurasthénique.)

Tout le monde serre la main de la dame, nous sortons.

Robert est confiant : « Ce film, on va le faire. » En attendant, il nous propose de se joindre à Mina et lui pour déjeuner.

– Ma femme va peut-être nous rejoindre. J'aimerais beaucoup vous la présenter, me dit-il.

Vicky et moi acceptons joyeusement. Steven décline l'invitation. Robert insiste. Steven répond que par superstition il ne veut rien célébrer avant la signature d'un contrat. Robert le rassure, il ne s'agit pas d'une célébration mais d'un simple déjeuner. On se dirige vers l'ascenseur. Je passe la deuxième, Steven en troisième. Il est exactement en face de moi. Je remarque la sueur qui perle sur son front.

Devant le parking, Steven donne son ticket de *valet parking* à un jeune Mexicain. Robert insiste encore.

– Vous êtes sûr que vous ne voulez pas déjeuner avec nous ? On aura fini dans une petite heure. On déjeune à la cafétéria, si vous préférez.

– Non merci. Il faut que je rentre au bureau.

– Tu as un rendez-vous ? demande Vicky, étonnée.

– Oui oui.

Tandis que nous attendons la voiture de Steven pour lui dire au revoir, une superbe femme d'une quarantaine d'années fait un signe à Robert. C'est sa femme, me dit Mina. Elle court à notre rencontre et s'arrête net : elle a vu Steven.

– Qu'est-ce qu'il fait là ?

Robert se tourne vers sa femme.

– Tu connais Steven ?

– Il s'appelle Steven maintenant ? C'est lui le type qui m'a fait la cicatrice dans le dos.

Le visage de Robert se raidit. Son front se plisse. Steven est livide.

– J'allais le lui dire, balbutie Steven à Angie.

– T'allais me dire quoi, connard ? lance Robert.

Robert lui fout une grande beigne. Steven tombe par terre, mais se relève aussitôt. Tout le monde fait du fitness dans cette ville (les Californiennes n'aiment que les hommes très très musclés). Vingt-cinq ans de cardiotraining derrière soi, ce serait con de pas les mettre à profit.

– Entre gentlemen, on pourrait peut-être s'expliquer, implore Steven.

– Entre quoi ? C'est gentleman de battre une femme jusqu'au sang ? C'est gentleman de la torturer mentalement ? Prends ça, connard.

Robert lui fout un coup de poing comme au cinéma.

– T'avais changé de nom mon salaud, mais maintenant je t'ai retrouvé. Tu peux dire au revoir à ta carrière. C'est fini pour toi. Tu ne pourras même plus prendre de l'essence dans cette ville. Je vais te griller partout. Liste noire, Nick Martini.

On se croirait dans un western. Je suis étonnée que personne n'apparaisse avec une caméra. On est dans un studio, ici, ils ont quand même tout le matos. Si personne ne dit « *Cut !* », c'est moi qui vais m'en charger.

Robert lui fout encore une beigne. Il a une force de colosse. Le pauvre Steven est complètement défait. Sa bouche saigne. Est-ce qu'il a une dent cassée ? Il a l'air tout vulnérable comme ça, mais quand il lui mettait sur la gueule, à la belle blonde, il devait avoir l'air moins faible. Je ne sais pas si je dois m'émouvoir ou non. Je suis absolument confuse. Je ne sais plus quoi penser. Tout le monde a le droit d'avoir un arc. Steven a peut-être (sans doute) été un vrai salaud, mais il a traversé son acte II, aujourd'hui, je suis à peu près convaincue qu'il a changé. Il faudrait lui laisser sa chance. Et puis même s'il a fait le con avec moi, je l'aime bien. Après tout, il m'a vraiment donné ma chance, et c'est le seul à l'avoir fait. Et puis la vengeance, douze ou treize ans après, ça n'a pas de sens. Robert lui en veut de ne pas lui avoir dit qui il était. Donc toutes ces beignes, là, ne relèvent pas d'un désir de vengeance de la cicatrice dans le dos. C'est la répercussion du mensonge par omission de Nick Martini. Je crois que je me sens prête à devenir scénariste.

– Personne, tu m'entends, personne ne travaillera plus jamais avec toi dans cette ville, je m'en charge, ajoute Robert, calmement.

Ils sont cons, mais qu'est-ce qu'ils sont cons. Ils ont trop regardé la télé quand ils étaient petits.

Le Mexicain arrive avec la voiture de mon producteur. Steven me regarde d'un air haineux avant de monter dans sa voiture. Qu'est-ce que j'ai fait ? Vicky monte sur le siège passager. Steven démarre en trombe.

Robert s'approche de moi.

– J'adore ce projet, mais je ne peux plus m'y associer. Comprenez-moi. J'aime ma femme et...

Il a des larmes dans les yeux.

– Pas besoin de m'expliquer. Je vous comprends. Je ferais pareil à votre place.

– Si seulement vous n'aviez pas signé de contrat avec lui...

– Mais j'ai signé un contrat. J'en étais même plutôt contente, à l'époque.

– Et vous ne vous êtes jamais aperçue que c'était un sale type ?

– Non, dans l'ensemble il a été très gentil avec moi. Presque trop. Et puis un type qui vous signe un contrat tout de suite, on ne peut pas complètement le détester.

– Ça, il ne pourra plus jamais le faire, je vous en donne ma parole.

(Est-ce qu'il sait que la femme de Steven est la nièce de la plus grosse fortune américaine de la finance ? Steven va se défendre, c'est sûr. Là, ce n'était que l'acte I.)

– En tout cas, votre traitement, c'était un putain de bon traitement. J'aurais vraiment voulu le faire, ce film. Bonne chance.

Il s'éloigne, s'approche de sa femme, la prend dans ses bras. Mina me regarde. On se ressemble vraiment beaucoup. Sauf qu'elle, elle est du bon côté.

– Bon, salut.

– Salut Mina. C'était sympa d'avoir fait ta connaissance.

Me voilà plantée devant le parking. C'est dans ce parking, rempli d'eau, qu'on a tourné la scène de la mer qui s'ouvre en deux. Cecil B. De Mille et les dix commandements. Si je reste ici assez longtemps, est-ce qu'il se passera quelque chose ?

Je récupère ma voiture. Je passe une dernière fois sous le majestueux portail du 5555 Melrose. Je prends Melrose jusqu'à Fairfax. Je tourne à droite. Je suis vraiment très fière de moi : je me repère super bien dans la ville.

Je me gare dans le parking de Chalet Gourmet. Je vais directement au rayon chocolat, qui se trouve derrière les caisses. Dix tablettes, ça devrait faire l'affaire. De toute façon, je rentre à Paris. À l'idée de rentrer, et de rentrer bredouille, je me prends deux tablettes de plus et j'en ouvre une. J'en engloutis les rangées frénétiquement. On ne peut pas réussir à tous les coups. À la caisse, il y a trois personnes devant moi. Dont un type, de dos, au téléphone, qui s'achète une bouteille de château-yquem 1987.

– T'es mon agent, ça devrait pas être à moi de chercher, enfin. Mais j'en ai marre des effets spéciaux, de la violence. Je sais bien, mais moi, la tendance du marché, je ne la suis pas, je la crée la tendance du marché. Comment ? Je t'ai dit, XIXe siècle, de préférence en France, ça fait longtemps que j'ai pas tourné en France, ça me manque. En costumes d'époque. Je voudrais raconter la vie d'un type formidable, mais je voudrais un type dont on connaisse le nom dans le monde entier. Un type qui aurait inventé un truc extraordinaire, ou construit un truc extraordinaire.

– Excusez-moi ?

Il ne m'a pas entendue.

– Renseigne-toi.

Il sort deux billets de cent dollars ; le caissier, les yeux ronds comme des soucoupes, lui rend la monnaie. Le type s'avance doucement vers la sortie. Je pose cinq dollars pour la tablette entamée, je remets les autres à leur place en vitesse.

– Mais on s'en fout qu'il n'y ait pas d'Américains dans l'histoire. Ça suffit l'égocentrisme.

– Excusez-moi ?

– C'est ça, c'est ça, tu me rappelles.

Le type éteint son téléphone. Il se tourne vers moi. Il porte des verres gris fumés. On le reconnaît quand même très bien. C'est lui le réalisateur aux seize Oscars. N'empêche qu'il a l'air excédé.

– Excusez-moi.

– Oui ?

– Le gars que vous cherchez, c'est Gustave Eiffel.

– Pardon ?

Douze ans plus tard

Sonia vient d'écrire le dernier film d'Almodovar. Elle compte maintenant passer à la réalisation. Elle est mariée à un célèbre architecte. Ils ont trois enfants. Sonia est très heureuse, elle a arrêté de fumer il y a huit ans.

Tripthi a épousé un producteur de films indien. Elle se partage entre sa vie de famille – elle a deux enfants – et le laboratoire pharmaceutique qu'elle dirige d'une main de fer. En 2007 elle a été élue par le quotidien *Asianweek* « femme de l'année ».

Mason s'est spécialisé dans l'écriture documentaire. Il s'est récemment installé à Londres et travaille avec la B.B.C. Il a une femme et un fils.

Robert Wile a divorcé d'Angie en 2002, après quoi il est devenu le meilleur ami de Nick Martini. Ils ont créé une maison de production ensemble, et ont raflé, cette année, deux Oscars.

Vicky McFlurry est aujourd'hui présidente d'une importante société de jeux vidéo.

Mina Bernstein est vice-présidente de l'association des « Femmes à Hollywood », je n'en sais pas plus.

J'ignore ce que sont devenus les deux producteurs français. En tout cas, le Skybar a fermé.

Chalet Gourmet a été racheté une première fois en 1999 par l'épicerie Bristol Farms, puis en 2001 par Gap.

Quant à moi, ça va. Je me débrouille.

Merci à mes amis chéris.

Paris : Stéphane Moisset, Dominique Robinet-Duffo, Éric B., Annie Tubiana, Thierry A., Nili, Hervé, Guy-François, Em & Clem, Framboise, Karina.

Los Angeles : Tripthi Kamath, Mason Alley, John & Mary Furia, Pam Buchignani.

Madrid : Silvia Perez de Pablos, QoS.

Ciel : Maurice Blum, Romain Gary, Jean-Dominique Bauby et Gustave Eiffel.

•

Merci à Philippe Pajot (magazine *Pour la Science*) d'avoir pris le temps de répondre à mes questions, et à Sylvain Perez, sauveteur informatique.

•

Pour ma sœur, Dominique Blum-Zemiro,
pour MB^3.

TABLE

Cet ouvrage a été réalisé par la
SOCIÉTÉ NOUVELLE FIRMIN-DIDOT
Mesnil-sur-l'Estrée
en décembre 1999

Édition exclusivement réservée aux adhérents du Club
Le Grand Livre du Mois
15, rue des Sablons
75116 Paris
réalisée avec l'aimable autorisation de Nil éditions

Imprimé en France
Dépôt légal : décembre 1999
N° d'impression : 49003
ISBN : 2-7028-5129-0